愛是失序的煞車

曹馭博

這些都無所謂，只因你活在世上，我就鍾愛著你……「眼中的星光」，這是最奇妙的表達了。我經常心想，生命中最神奇的莫過於此，人們一看萬物迷人之處或是領會到其中之妙，眼中就會綻放出耀眼的欣喜。

——瑪莉蓮・羅賓遜（Marilynne Robinson），《遺愛基列》，施清真　譯

目錄

「曹馭博的小說有非常在地的元素，有圓熟卻不過分賣弄的文字技巧，最奇妙的是，他的運筆思路和文學核心，卻讓人有一種直通世界文壇之感。那種彷彿可以跨越時空、不被地域限制的哲思，正是《愛是失守的煞車》最稀罕的特質。」

——朱宥勳

「畸零者、失語者、被棄者……各種寫實主義的本格元素，卻被曹馭博獨樹一幟的美感處理成前所未見的，平衡且不失玩心的美妙滋味。」

——寺尾哲也

推薦序

灰塵與光

張惠菁

在曹馭博的小說即將出版的前幾天，台灣熱烈討論的事情之一，是有一位高中老師批評顧炎武的〈廉恥〉在許多新版課本中不再收錄。這位老師認為，少了這篇文章，她便少了引導學生思考「士大夫之無恥，是為國恥」的依據。對此，她呈現出一種深深的、憤怒的被剝奪感，令許多人不解而亦回應以憤怒。自然雙方是無法相互說服的。因為在那些論理的背後，語言說的不只是字面上的意思，而是在每個人不同的心智地圖中，事物的勾連狀態。對這位老師而言，一篇文章的在與不在，勾連了許多事物，特別是朝向一個對她而言不理想的時代，當中或許有她個人的挫折與無法對準。在另一些人眼裡，這些勾連毫無根據，只有她個人在這時代裡的無法對準是成立的，除此之外，她的話或許也勾連起他們小時候被強迫背誦、灌輸某些價值觀的不愉快記憶。

讀曹馭博的小說，我想起這件事。書中的七個故事，從一種集體的失能說起。父親們出門工作，依循著資本主義社會的原則，賺錢，存錢，買房，買車。「直到雷曼兄弟搞砸了一切，把曲線圖往下撥弄，萬物也跟著下墜——首先是房價，然後才是人類。」作為開頭的〈煞車〉這一篇，展開了一個原有信仰緩慢崩塌，或所依循之規則被抽走的世界。一位失業，同時也失去了妻子與兒子之尊敬的父親，考慮輕生。他孤獨地面對著人生中到此為止，種種超出他控制的發展：自己從就業到失業，兒子從神童長成了普通卻傲慢的孩子，附近學區裡的孩子也壞透了、成了會設局害人的惡童，在學校的後門（而不是正門，正門保持著讓家長接送孩子的功能），進行著霸凌勒索的遊戲。

雖然如此，曹馭博對許多人類以外事物的描述，卻令我感到，這不盡然是一個醜惡的世界。「小雨中太陽的光暈像新生兒的拳頭緩緩鬆開」，「在雨落傾盆的終結一瞬間，浮光擴散到看不見路面」，「鳥群在河口掠過橘黃色的雲彩，牠們受大風所迫而停懸，瘋狂地抓著天空」。世界金光燦燦。城市也是。然而獨行於其中的人類卻孤獨，無法互相理解。對周遭景物的描寫，好似正對比著角色的渺小無力。「一切事物都待我如陌生人」，〈橋〉的第一人稱主角這樣對自己說。〈你可能會比死更慘〉裡，男主角投胎轉世變成了蟲，然後從地上、從壁角看著曾經的一家人，就如卡夫卡〈變形記〉的台式家庭加上東方轉世信仰版。

這是誰之過呢？還是我們不應該在詩人寫的小說中追究簡單截然的是非對錯？曹馭博在扉頁上引用了瑪莉蓮．羅賓遜的《遺愛基列》的句子。那是一位老人，暮年得子，小說家羅賓遜讓他回顧著自己的一生，表達著自己對孩子所感受到的、那無條件的愛，「只因你活在世上，我就鍾愛著你」，與這愛並存之下，世界萬物彷彿籠上一層新的光亮。這樣的句子出現在扉頁，而翻開進入曹馭博所寫的七個故事，卻是個和「只因你活在世上，我就鍾愛著你」有段距離的世界：被時間消磨了的父子之愛，受虐的孩童，被歧異而扭曲地對待著的上班族，變成蟲的人，記憶著沙漠與核爆、分不清誰是誰的幻想的母子和情人，還有被餵以許多文本、開始生育敘事的AI……

但就此便說，曹馭博寫的是一個跟瑪莉蓮．羅賓遜相反的世界；說他是在說，在一個沒有愛之光照耀的世界裡，一切都不可能對、人只能是孤獨，我覺得也不盡然。或許有時，愛就如同〈你可能會比死更慘〉裡，陳盡妹分不清楚是埋怨還是思念，轉世的阿哲分不清是擁抱還是囚禁，這樣的描述是不是令人想起，某種我們常聽說（或親身體驗的）台式家庭，講話難聽卻執著到死也不放——難道這才是愛的本質？有的愛，不是純淨的光，而是摻雜著各種雜質，有著灰塵在其中飛舞，明明暗暗，閃閃爍爍，似子宮似牢籠。

七個故事來到尾聲，有一個不同的母親，是AI的餵養者（〈盜賊的母親〉）。「逼近生命的祕訣，就是在虛構裡頭，操作他人的生命，在他們的大腦裡，放一根無中生有的釘子」，雖然原本是無中生有而來，但一旦那根釘子被拿走，人卻會要死要活地尋覓，想要找回它來。讀到這裡，我會聯想到佛法。想到人窮盡一生追逐的釘子，還有那釘子勾連而來的一切，夢幻泡影，牢固難破。

在這泡影牢固的世界裡，詩人曹馭博的第一本小說集，對我們起著詩的作用：搖晃我們，疏離我們，籠罩我們，將我們轉向，插入釘子，拔掉釘子，拆掉鷹架，築起鷹架。這個世界與我們的心智，恐怕不是一篇文章就必定能開啟什麼地，那樣對仗完美。有光照不到的角落，有灰塵能飄浮著抵達的地方。無論到或不到，詩搖晃著我們，讓我們放下傲慢，感受那些灰塵與光，也感受那歪斜、對不準、混沌的一切。

*張惠菁，臺大歷史系畢，英國愛丁堡大學歷史學碩士。著有《給冥王星》、《比霧更深的地方》等書。

推薦序

不被取走的黃金

連明偉

「你一生被那個老傢伙耍得團團轉。過去十年，你本來可當個聰明俐落的城市孩子，卻被剝奪與所有人來往的機會，身邊只有他一個人。你住在荒地裡一棟雙層破屋，七歲起就跟在騾子後頭犁田。你怎麼知道他教你的事是真的？搞不好他教你的是沒人用的數字系統？你怎麼知道二加二等於四，四加四等於八？或許其他人不用那套系統。你怎麼知道亞當真的存在，或是耶穌救你，你就比較幸福？而且你怎麼知道祂真的會救你？一切都是老人講的，而你現在應該明白他瘋了。至於審判日，」陌生人說：「每一天都是審判日。」

〈你不會比死更慘〉，芙蘭納莉．歐康納

七篇短篇小說，讀來令人迷醉心痛，陷入久久深思。

從新詩跨入小說，直攖其鋒，文類容或相斥實為挑戰。部分書寫片段，行文筆法，新詩特徵仍然鮮明強過小說的古典敘述邏輯，包含隱喻的密集展開、意象的回來呼應、透視表象的深入叩問等，轉化感覺經驗，同時強化知性思辨。撐持寫實的細節描摹，有意無意削減，進而促使小說，異奇臻至詩之質地：立足穩固現實，澄澈穿透，思考遂而昭然若揭。米蘭・昆德拉談及「小說（與詩）」之語：「小說第一次準備承擔詩歌的最高要求（意欲以美為高於一切之追求；重視每一個特殊的詞；行文旋律激烈；每一細節必須有其獨到之處）。」

作家並非單純講述故事，而是明確導引問題意識：強烈的不確定性中，敘事走向何以為此？

小說採用不同角度，討論個體在群體之中的介入或被介入。每一自我必須依附框架，如家庭關係、親屬次序、社會網絡等，由此確認彼此，激發互動，乃至重新定義。校訂微調之過程，致使「我」在各種意義中，產生不具經濟價值之停頓，遠近拋擲，策略性抽離自身。游移目的，在於生出複眼，自我之相互鏡像藉由困境次次測試，剝離捨棄，或重新黏合。獨到之處，並非將情感作為純粹依歸，而在提出不落抒情之定見，杜絕傷感之論斷：個體置入群體的必然性庇護與傷害。自我須得折損，保全須得服從，完卵須得棲巢，「我」之漸次喪失，邁向屈服，一切只能在纏縛、拉扯與被使用的關係，複寫另一自我。

除了自我之評估與釐清，亦將思考範疇溯洄源頭。每一位母親，每一個系統，每一種體制，並非持衡穩定，時刻可能瓦解崩潰，危如累卵，小說所述之金融海嘯、炸彈、地震、沙漠、核彈、戰爭等，背景或寫實或隱喻，在在暗示毀滅制度的強烈傾向。這份惘惘威脅，遠近危險，一方面來自個人之果決清算，測試邊界，背離跨越或再次融入；另一方面，則是來自母體本身，光照及其反面之折衝，內建的暗黑、默許與本能性遮蔽，足以旦夕反撲。兩者不斷碰撞，相互斡旋，以愛之名囚禁彼此，自我遂漸趨毀壞，系統內部亦將產生難以規避的亂數。

詩人對於世界的一往情深，無疑面向更為艱鉅的難題，一種凝視整體而勢必產生的深層質疑——如果愛的本質，帶有無法避免的傷害，那麼如何持續對於世界懷抱熱情？心有所愛，是否只是不堪驗證的程序輸出？每一自我，是否都誕生於藏汙納垢的母體？甚至母體之骯髒敗德，是否可能源於自我的沉默應允？

我之不潔，我之歷劫，已然註定，遠遠超乎個體所能掌控。

循此脈絡，小說展開一連串深切探討，並由寫實基調轉向隱喻架構，自我之廢黜、懸宕、游移、失去輪廓或自在穿梭各種輪廓的情境，如何有所轉圜？如何脫離？如何背負罪過繼續存活？作家畢竟心有所懷，挺身而出，顯露真正的情感與意志：黃金似的衷情，白銀似的行動，奮不顧身跋涉險地，為了另一孩子在所不惜。值得思考的是，破釜沉舟的援助，時而一廂情願，時而招惹自傷，時而成為罪惡歸咎——意圖救贖，同時闡述救贖之難以實踐。

逃離與拯救近乎不可能，所能做的，無非成為另一位母親，由此截斷，從此開始，重新生下或不生下自己。

毀滅與重生，黑暗與光明，惡魔與天使，小說一再顯示抗衡消長的抽象思維，藉由動盪產生的振幅，敷衍單純複雜，釋義受到社會、結構、系統支撐的每一自我，是否能夠正視母體影響，脫離沾黏，解除桎梏，由此示現更為自由的互動。個體遭遇的困頓、受挫與逆流，無不巧妙指出，我之存在，一如不斷陷入苦難無法婉拒命運的孩子。差異在於，其後的自我，將深刻察覺生命本身，即是回饋與剝削、祝福與詛咒之雙向關係。自私的母性（引自〈盜賊的母親〉），亦將產下自私的孩子，如何消融種種自私，讓已被生下、閃現熠熠金光的自我，拿回裁斷權力，成為生命最為重要的母題。其所背負，是罪惡本身，亦是贖罪可能。

故事指向，不在表象。依靠探向內核的自主性，詩人與小說家之關懷，巧妙疊合，透視各種運作之驅動、規律與秩序，建構一種向內彎折向外伸展的遇見與預見。外在的權威，構形的制度，無所不在的催眠暗示滲入個體，予以內化，揭示自身被社會賦予的期待與使命。有依是功用，無依是棄用，一切免洗，意願接納與否，責任擔負與否，完全不被巨大權力納入考量。亦是在此，小我之敗退折損，終將藉由暫時棄置的邊緣位置，重獲自由，再次長出曾被剪翼的翅膀。

詩人的第一本小說集，已然自成風格，展現驚懼的抒情，演繹尖銳的批判，深沉表達對於愛與罪的同等寬容。祝福在此，一如審判，我們勢必會在小說之中，裁決生命存乎片刻一如恆久的清白。

*連明偉，一九八三年生，暨南大學中文系，東華創英所畢，著有《番茄街遊擊戰》、《青蚨子》等。

煞車

以前有個作文笑話是這樣的：爸爸陸陸續續回家了。但到了現在，這個笑話失傳了，或著說它成為一種禁忌。是誰讓一個笑話成為禁忌的呢？是雷曼兄弟。幾年前，這條街的父親們都賺了錢，身材逐漸臃腫，而臃腫換來的是一輛輛轎車、三層樓透天厝或是峇里島之旅，直到雷曼兄弟搞砸了一切，把曲線圖往下撥弄，萬物也跟著下墜——首先是房價，然後才是人類。

這條街的父親紛紛跳樓，死亡就像小感冒一樣，從巷子頭傳到巷子尾。爸爸陸陸續續回家了。在第七天。雷曼兄弟讓所有人的爸爸陸陸續續回家了。

一個個穿著白襯衫的保險業務穿梭在社區大樓與透天厝之間——他們疲於奔命，蒐集每一位寡婦的簽名。每隔幾天，不論是白天還是黑夜，都會有重物墜落的聲響，有些賓士車的車頂上烙著一個蜷曲的人形，有些則是一股腦兒地在柏油路上砸了個稀巴爛。

今天早上，當一樓客廳的印表機再度喀喀作響，他便知曉，自己也患了這個小感冒。無數張一頁式履歷表噴湧而出，目標明確，朝玄關飛去。他衝了上去，想撿起所有的自己。他要趁老婆睡醒之前，把所有的自己處理乾淨。

二樓房間傳來琴聲。拉赫曼尼諾夫。聽鄰居說，一般的孩子學會至少要花個七年。七年前兒子就已經學得有模有樣。最近兒子吵著要買史坦威鋼琴，天曉得這小蘿蔔頭是怎麼知道這玩意兒的。這棟房子可是他花光幾乎全部的積蓄買的。幾年前他與搬運工人們將二手的山葉（Yamaha）鋼琴搬進二樓房間時，曾試敲過一次琴鍵，像是觸摸一次大理石，大腦能夠清晰呈現充滿視覺紋理的天堂。「還不錯，對吧？」滿頭大汗的工人用毛巾擦了擦手指，在泛黃的琴鍵上一路滑到尾。漸層聲像一潭逐漸乾涸的水窪，綻開剩餘的波紋。這種感覺在喉嚨蔓延，一下又竄到了指頭。他隨口應付幾句，用那長了白繭，粗短的手指，搓了搓鼻子，表現出難為情的樣子。「等一下再請調音師父過來一趟，」搬運工人拍著他的肩膀，「沒有史坦威，你的小孩也能變大師。」搬運工人走後，他勉強彈了G小調前奏曲開頭的幾個音。琴鍵潮濕，陷了進去，彷彿沉入泥底。他的指尖寒冷，身體不斷顫抖。

他捧著紙堆，雙臂開始顫抖。他往玄關的窗戶一瞧，一名穿著白襯衫的保險業務在對面人家的門口，捲起袖子，與鄰居們一起燒紙錢。金爐像是引擎催動的車體，產生震撼大地的熱能。一道道光束之中，無形的力量接引著灰塵，水蒸氣依附其上，凝結成小水滴，彷彿在潮濕的空氣中，積雨雲一個個誕生。早晨的太陽雨。雨滴像一副副小小的透明降落傘，迫降在眾人身上——在過一會兒，這名業務要去另一戶人家處理文件，隔壁條街，隔壁里，隔壁區。

昨晚有更多父親死於墜樓。雨滴與琴聲讓他起了個念頭：就做一回最壞的父親。就一回，僅此一回，也只有一回。「我是這條街上最壞的父親。」他想。紙的重量一瞬間消失了，無數個自己癱散在木質地板上。

他走出門，在門簷下觀望著天氣：小雨中太陽的光暈像新生兒的拳頭緩緩鬆開，空氣窒悶，感覺胸膛深處有鈍器在搗鼓，瘀傷般的悶痛正在蔓延。業務員已經蓋上了金爐蓋，與鄰居們躲雨去了。業務員的白襯衫已經浸濕了一大半，露出了肩胛骨，好像他曾經擁有翅膀，卻又被截斷似的。「總不能在別人正在忙的時候惹麻煩吧？」他心想，用手掌遮擋光線，也遮擋傾斜的小雨，一轉身，回到屋子裡，大門關上時的匡噹巨響像電流般竄至整棟樓，鋼琴聲在將盡未盡的地方中斷。

他上二樓，往兒子的房間走去。陽光還沒曬進隧道般的走廊，一想到兒子的身體將來也有可能四處飛散，胃裡的火焰湧動到胸膛成為一陣酸楚。他狠下心，噍了回去，喉嚨一絲又一絲肌肉緊繃，彷彿隨時會斷絃。他敲響房門，示意讓他進去。

「你自己開門，」門內傳來兒子的聲音，「你害我又要重新彈這一個段落。」他站在藍色地墊上，鬆開把手，伸長脖子往房內看：兒子坐在那台稍舊的山葉鋼琴前，低著眉，不時翻動琴譜：「讓我彈完好嗎？」

他摸摸鼻子，為兒子拉開窗戶。早晨的驟雨間歇，清新的空氣混雜著草木味。他伸長脖子，往樓下探去，頓時膝蓋無力，彷彿地板從腳下消失了，整個人懸吊在空氣之中。

他縮緊膝蓋的肌肉，用顫微的口吻說：「我幫你跟學校請好假了。」

「真的？」原本目光低垂的兒子瞬間聳立，帶有小狗般雀躍的神情看著他，「我們要去哪？看電影？媽媽知道嗎？」

兒子下個月即將滿十五歲，已經脫離了天使的年紀。隨著青少年時期退去，削瘦臉孔上的坑疤漸漸被填平，鼻子堅挺，眉頭濃密，眼睛銳利如遊隼，不笑的時候還會帶著一絲憂鬱；不像自己頂著稀疏油膩的頭髮，戴著一副厚重的散光眼鏡，雙眼在電腦螢幕前越發模糊——同樣是用手指工作，兒子用力的卻是耳朵，可以聽讚美，可以聽好話。

「知道。在忙，」他看著紙頁飄蕩的琴譜說道，「忙著跟會，看股市，賺大錢。」

兒子也跑到窗前，往樓下探去，「忙一點好啊，至少媽媽有賺錢。」穿白襯衫的業務們低著頭，客客氣氣跟哭泣的家屬們鞠躬拍肩。一位婦人甩開業務伸出的手，像對著仇人般咒罵。

「那些人真煩。」兒子鼻子哼出氣，「鞠躬哈腰的樣子真討厭。」他長嘆一口氣說：「那也是工作。」兒子對著他笑：「嘻皮笑臉也算工作嗎？」

樓下金爐的煙霧夾雜著灰燼，隨著風慢慢揚起，上升到二樓，越挨越近。原本的草木味不見了，像白雲突然變色，一切都陰沉沉的。

兒子剛出生時小得像張白紙，不但教什麼學什麼，放在洗澡盆裡還會輕盈地漂浮起來，張大嘴巴，嘎嘎笑著，在原地打轉，偶爾還伸出握拳的小手，在他眼前緩緩張開，讓他淚眼汪汪——以至往後，他只要看見光暈，就會聯想到兒子充滿希望的手。

他深怕自己一不小心就把兒子弄皺了。

沒過幾年，這張白紙就聚攏成了繭，鑽出一隻傲慢的蝴蝶；從光屁股的裸嬰，化身成為披著羽衣的天使。蝴蝶會隨著音樂起舞嗎？至少兒子連動的手腕與指頭彎起來就像一隻蝴蝶上下搖曳，而不是像自己的手，野獸般敲打著電腦鍵盤。

兒子通常是上學前練一次琴，放學後練一次，假日則是早中晚各一次。鄰居們沒有嫌鋼琴聲吵，反而主動前來拜訪，坐在一樓客廳享受琴聲——甚至有人送了一整套音響設備，好讓兒子的大腦可以記住更好的音樂。之前還有工作時，他都會加班到晚餐過後，將車子停在樓下，坐在駕駛座上沉思。聽到倒完垃圾的太太們說，以前兒子彈奏舒曼〈蝴蝶〉時簡直是神童，心理一陣苦。太太們早已聽膩兒子的才華，當兒子不再是天使時，那雙耗盡燃料的雙手與山葉鋼琴就只是一台發出噪音的廢物。

兒子彈琴時他總是躲得遠遠的，他不想目睹兒子被現實摧毀失守的那一刻。他曾問兒子：「你覺得你有這天分嗎？」兒子答道：「當然，不然上帝生給我一雙手做什麼？」他點點頭，搓著自己粗短手指上的老繭，看著兒子光滑白皙的手指，沒有答話。

「臭死了。」樓下又傳了幾聲哭喊，兒子收起踮著的腳尖，將窗戶關上，聲嘶力竭的聲響被夾斷在外頭。兒子說：「喂，」他轉頭，心裡有點錯愕，身體卻習以為常，「你有跟老媽拿錢嗎？可先說好，我不帶錢包。」

他用手掏了掏口袋，苦笑著。

兒子嘆了口氣，回到椅子上，繼續那未盡的拉赫曼尼諾夫。

他耐心坐在一樓客廳的電視機前的沙發上，沒有開電視，靜靜聽著二樓傳來的拉赫曼尼諾夫。妻子已經醒了，站在沙發後面，用手指捲著電話線，「其實他老婆就在等他死呢，就六弄二號那一戶的王太太啊，等著領保險金。」妻子用手壓住話筒，轉頭用氣音說：「快八點了，你趕緊送孩子上學。」

「車鑰匙呢？」

「我等一下再打給妳。」妻子稍微放大了音量，並將電話筒掛回牆上：「你還敢跟我提車鑰匙？你什麼時候要把車牽回來？到底要保養多久？一直開我的車也不是辦法。」

「順便給我幾百塊，我晚點跟以前的同事有約。」

「陳克己，」妻子提高了音量，「你是不是有事瞞著我？」

他稍微轉過頭，想直視妻子。但只看得見自己的肩膀，看不見妻子的臉。

「你不要跟兒子說。」他說。妻子點點頭。「我把車子賣了。上次煞車整個壞掉，跌進大排水溝裡，車頭全毀了。」

妻子沒說話，站在他後頭在踱步，像在盤算些什麼，距離一下拉遠，一下靠近。樓上的琴聲放大了他的情緒，脖子兩側的肌肉不停顫抖。晃動之間，大腦接收了一種錯覺的訊號：妻子也許沒有想像中那麼生氣，也許孩子沒有那麼臭屁。只要充分溝通，自己又可以重新愛上他們。

「那我回娘家的這段時間怎麼辦？」妻子說：「兒子下星期還有比賽，你要用腳踏車載，讓兒子穿著正裝，坐在腳踏車後座嗎？」

「我也沒辦法。但至少，回收報廢車還有錢。」他說。

「我不管你了。自己想辦法。」

妻子上了二樓，腳步聲踱得一陣比一陣大。二樓傳來一陣陣敲門聲，拉赫曼尼諾夫停止了。

「我就知道——」兒子踏著樓梯，發起脾氣。後頭跟著妻子，妻子手上拎著兒子的國中書包。「多少錢？」兒子聲音顫抖地說，嘴角還在微微抽搐，對著他說：「換了多少錢？夠我出國嗎？還是要換一台鋼琴？」

「是真的撞壞了。但廢棄站的人說，至少還有——」

他坐在沙發上，轉過頭，只有自己的肩膀，已經看不見妻子與兒子的臉。

「沒有車，沒有出國，沒有史坦威。這是什麼爛家，什麼爛家……」兒子拉開大門，妻子也跟了上去。他聽見「碰」的一聲，大風鑽入門縫，強行把門抽回。

他把原本想說的話又嚥了回去。

客廳空寂，一個人也沒有。他坐在沙發上，好久沒一個人獨處了。

當一輛修裡紗門的發財車駛過樓下後，整條街再也沒有一點聲響。他自己開了瓦斯爐，煮水煮蛋吃，腦子裡還想著，自己稍晚的死，是否足以讓兒子長大，放棄那微不足道的天分？他不知道該怎麼教兒子，可能也教壞了。如果人們都是看著自己的母親，才學會當母親的——那父親呢？自己的父親去世得早，醫生宣布死亡時間的那一剎那，所有兄弟姐妹瞬間長大了，此後除了過年，大家幾乎沒有聯繫。他剝著蛋殼，感覺還不餓。

他想看看兒子的房間。完整的房間。就這一眼。最後一眼。

他走上二樓，站在藍色地墊上，深呼吸，依舊先敲了敲門。

門就這樣輕輕鬆開了。

沒有人。他一腳踏入房間，瞬間愣住。他從未在這個時間點待在兒子的房間。他抬頭，觀望四周。

光線讓牆面更加雪白，沒有任何飾品，也沒有獎狀。兒子曾說，那些東西都是垃圾，才華不需要貼在牆上炫耀，自己知道就好。他拉開兒子書桌最上層的抽屜：兩張國小組地區競賽的獎狀，一張泛黃的剪報，各自塞在透明資料夾裡，上頭貼了空白貼紙，用鉛筆寫著日期、地點、名次。一座斷頭的獎盃被塞在書桌底下，但一點灰塵也沒有，擦拭得一乾二淨。

他再度抬頭，總覺得雪白的房間像是一個蛋殼、或是一個繭的內部。兒子包圍著自己，圍困著自己。擁有繭與蛋殼的生物，命運就是突圍。人類有這種東西嗎？

兒子是永遠沒辦法破繭而出的。

兒子過了天使的年紀，才華早已到達了極限。

一直以來，他都不願意這麼想。這是壞父親才有的念頭。如今他做到了。

山葉鋼琴在光芒之下，像一隻藏在繭殼中，尚未發育的生物。他敲了敲山葉鋼琴的琴鍵，聲音不像以往如大理石般的冷澈，反而像滾落山坡的石頭，不斷把泥土上的植物磨光般的刺耳。他有多久沒有請調音師了呢？或著，兒子有多久時間沒發現，自己的耳朵早已失去對音樂的飢餓？

對面那戶人家的父親也是在這個時間跳下去的吧？肉身的殘骸被掃得乾乾淨淨，一點痕跡都沒有。他離開兒子的房間，把門帶上，將陽光留在那間房子裡，回到陰暗潮濕的走廊，前往三樓樓頂。他感覺整棟屋子就是一顆死繭，裡頭毫無孕育希望的可能——就算有，也早已胎死腹中。

他站在三樓樓頂，不敢往下看，先往頭頂上一瞧——太陽朦朧模糊，像吊燈被孩童敲碎了外殼，光暈陣陣，四處流散；再斜眼往下瞄，路面上的車子離自己的腳趾好近，只要稍微屈膝，就可以摸到。他站頂層的台階上小聲喊：「我要跳囉，我要跳囉。」他仰頭看太陽，雙手微微展開，感覺自己下墜的同時，靈魂也會被天使接走。

「有沒有人啊，」一個稚嫩的聲音在樓下大喊道：「有沒有人啊——」

他趕緊抽回張開的手，下了台階，伸出脖子，往樓下瞧。

小孩站在他家門口大喊，街坊鄰居似乎都沒聽到似的。

「誰家的小孩，不用上學嗎？」他小聲嘀咕，聲音不大，孩子卻猛抬頭，用四根手指對著他搧，「叔叔——戴眼鏡的叔叔——快過來幫忙——」

他讓小孩坐在腳踏車後座，穿越這條沒有父親的街。小孩大概還沒上小學，卻斜背著一個跟兒子同校的國中書包，身材削瘦矮小，理了個山本頭。隨著腳踏車晃動，小孩的書包與口袋叮噹作響，不知道塞了什麼。他不時回頭看，用餘光確認小孩的手還搭在自己的肩膀上。

「你確定狗狗卡在那裡？」

「對，」小孩說，「往蜘蛛工廠的方向，牠就在那裡。」

蜘蛛工廠。他很久沒聽這個名字了。原來蜘蛛工廠還在。

城市幾乎快建設完成了，公寓旁邊的農田一片片被剷平，而荒草中心的大工廠們也難逃廢棄的命運。「蜘蛛工廠」是這附近最後一間老工廠，外側延伸出數條排水溝，讓它看起來像一隻斷了腳的大蜘蛛。

小時候剛搬到這條街時，他騎著腳踏車，循著其中一根「蜘蛛腳」前進，想去看看工廠長什麼樣子，豈料不管騎多遠，都只能看到工廠模糊的樣子，永遠抵達不了終點。他失去方向，心一慌，失去速度，跌在泥土路上，哭哭啼啼，直到看見地上冒出一個滑翔的陰影——一隻大白鷺從他頭頂上飛過。他順著大白鷺飛來的方向，得以回到街上。

「很大，很大隻的黃金獵犬。很大，比我還大喔。」

太陽開始向下移動，一刻比一刻金黃。從這條街彎出去，依舊是數條簡單的偏街，而偏街盡頭的路上已經沒有柏油了，泥土像是被焊進這個城市似的，碾出好幾條軌道，車輪時不時會拐動一翻，彈走幾個小石子。經過一條小圳後，泥土路兩側長滿了蘆葦，像朦朧的手指，一遍又一遍撫摸他與孩子的臉頰。

狗狗說不定早就掙脫回家了，他心想。

「你爸媽呢？上班嗎？」

「媽媽在睡覺。」

「爸爸呢？」

小孩沒有答話，沉默了一刻，「我家狗狗真的很大。」

時間一久，又下起了小雨。他決定加速，一踏一站。他的視線高過了蘆葦，沿著毛邊的邊緣望去，就能稍微看到朦朧的蜘蛛工廠。「蜘蛛腳」不知道是從哪個土丘或老矮房背後長出來的，他沿著騎，到達一棟佇立在大水溝旁的鐵皮屋子。

他想起小時候，曾有一次，與一群孩子躲鐵皮屋子裡頭，看著另一個孩子蹲在大排水溝裡哭泣。他還記得這件事，一直記得，從未忘記，好像昨天才發生過似的。

那是一個炎熱的下午。在蜘蛛工廠附近，大排水溝岸上的小鐵皮屋裡擠滿了孩子。他也在其中之一，當時個頭還很矮，連雙布鞋也沒有穿，和旁邊的孩子比起來，稍微有點寒酸。自從九歲從淡水搬來這後，就很少說話，常跟在別人屁股後面。孩子們擁擠在窗口前，看著大排水溝裡，一個哭泣的孩子蹲在一塊從泥土顯露出來的金屬上。哭泣的孩子不時回頭望著鐵皮屋，孩子們一感受到視線，便把脖子縮短。他塞在其他孩子之中，汗水從其他人的手臂流進他的眼睛，溫熱刺痛的感覺讓他看不清楚世界，他只聽得見聲音。

「不要動啦！」

水沖刷著泥土，腳下金屬的全貌越來越顯露。

「我好怕。」

天氣很熱。太陽照著哭泣的孩子，額頭上的汗水穿過睫毛間隙，與睫毛附近的淚水結合，一路向下，劃過鼻尖，在下巴凝結成一個大水滴，銀光閃閃，像一枚炸彈即將落入土地。

「笨蛋，別動，會爆炸。」

鐵皮屋內的孩子們窸窸窣窣。四周都沒有其他人，他那雙被汗水弄糊的眼睛瞄見哭泣的孩子頭上，有白色的身影正在翱翔，鼓動像是翅膀的東西，彷彿在等待著什麼。

「喂，矮冬瓜。」身旁的大孩子命令他說，「去叫大人來，說有人踩到未爆彈。」

他還沒回過神來，大孩子已經站了起來，對著眾人指揮，「你跟你，去找幾根樹枝。等一下其他人跟我來，大家把手牽在一起——」

他推開大門，走出屋子，腳步越來越快，逐漸奔跑起來。他能聽見後頭傳出陣陣叫喊：再近一點。樹枝不夠長。不要再哭了。太陽燒乾了眼睛裡的汗水，他回頭，蘆葦一叢又一叢離他遠去。往天上一望，白色的身影漸漸清晰，變成了一隻大白鷺，嘴裡叼著小魚，彷彿要用那東西去捕獵更大的。他的視線隨著大白鷺一路劃過頭頂，雙腳漸漸變重而緩慢，被大地緊緊焊住。他停了下來。仰著頭，用力呼吸，開始喘氣，胸口悸動，一顆小太陽就快從裡頭跳了出來——那傢伙活該，零食從不分我一點，去死好了。但他依舊甩開大地，兀自奔跑起來，身旁的蘆葦遲了一拍才開始晃動，速度快到只有腳尖微微踮著泥土路。

哭泣的孩子是他最好的朋友。是自己膽小又賴皮，難得第一次發聲，提議猜拳猜輸的人要下去一探究竟，豈料自己卻怎麼也不肯赴約。是哭泣的孩子代替了他，自告奮勇跳下排水溝，卻在腳掌觸碰到金屬的一瞬間怔住，像在高速之中踩住腳踏車的煞車，換來的不是安穩，而是近乎翻覆的失守。

這些年來，儘管他一直記得這件事，卻已經忘記朋友的長相與名字，忘記這附近還有一顆未爆彈，忘記自己當時有沒有叫大人過來。

遺忘可以是一種刻意為之的行為。

那東西不一定會爆炸吧？現在回想起來，他心裡想來有點羞愧，當初那一次微小的殺意與同情，那一顆在胸口蓄勢待發的小太陽，如今已經被埋藏在更深處。

他只記得當他再度折返時，看見生鏽的金屬在夕陽下漸漸膨脹，像一座興盛的蟻塚，哭泣的孩子腳邊積滿了數千隻金黃色的螞蟻，一路從腳底爬到頭頂，漸漸地將身軀包覆成一片可怕的閃光，最後融入晚霞。

鐵皮屋的門敞開著，裡頭的小朋友都不見了。

水溝對岸的大樹上，一個女孩正躲著，用畫素描的眼睛觀察著；水溝附近的邊堤上，一個男孩手裡拿著樹枝，表情興奮得像是剛處死一隻昆蟲，睜大眼睛笑著；帶頭的大孩子站在水溝上方的陸橋，他雙手趴在欄杆上，眼睛瞇成一線，靜靜地看著一切。

大家都放棄了哭泣的孩子，躲得老遠，卻又偷看著屬於哭泣的孩子的永恆。只有他轉頭，往落日的方向逃跑，像是深怕金黃的鬼魂會在黃昏後變成怪物，追逐他一輩子。

鐵皮屋空蕩蕩的，外層鏽蝕，連扇門都沒有。

「就在前面，鐵皮屋下面。」貼在他背後的小孩拍著他的脖子說。他停下腳踏車，立起腳柱。小孩迅速跑下邊堤，跑到陰影中，「就在這邊，快點，快過來——」

他看見黑暗中還有幾個人的輪廓。

「你他媽怎麼找了一個大人？」

「我只找得到這個嘛。」小孩朝陰影深處說，「這個時間只有大人。」

「怎麼辦，要繼續嗎？」

「笨蛋，我才不幹。」

陰影裡的人們往水溝對岸奔去，那幾個人看起來跟兒子差不多年紀。小孩跟在後頭，但書包太重了，幾乎拖曳在地上，從裡頭掉出螺絲起子、半個磚頭、彈簧刀。

他摸了摸後頸，涼意竄起。倒也不是害怕小孩剛才有許多機會，從後座拿工具敲他的腦袋，偷走錢包，而是陰影外側，那塊裸露在泥土邊緣的金屬依舊健在，而且比記憶中還要膨脹一些。要是那群惡童在上頭跳來跳去，敲敲打打，這附近還要死多少人？

快要放學了，兒子晚點還要練琴。前往學校的路上，他心中不斷思考：「也許我們這輩人就不應該生孩子。」兒子被他養壞了，但如果不養，終究也會變得像那群惡童一樣。他慢慢往學校大門口騎去，兒子將會是湧出來的孩子之一。但他就是等不到兒子，一張張男孩的臉都如此相似，但自己總不會認不出自己的兒子吧？

太陽逐漸下墜，離人們越來越近，他內心那顆小太陽也快蹦出來了。

學校大門口已經沒有人了。他繞到後門，看到一群學生，制服襯衫敞開，一顆鈕扣也沒扣上，蹲踞在地上，大聲講說髒話，吐口水，圍著一個服裝整齊，瑟瑟發抖的孩子。他有一瞬間覺得，那張瑟瑟發抖的臉，在扭曲消融的變化之下，竟然這麼像兒子。

他直盯著那群學生們，而學生們也看見了他。兩片嘴唇嘟起，迅速裂開，牙齒抖動，脖子繃緊，朝著他叫囂。他朝學生們走去，學生們站了起來，嘴巴繼續叨念著，分別朝四周散開。

一顆石頭砸向他的眼窩，他弓起身子閃躲，在踉蹌之中跌在地上，餘光瞥見一個影子扭頭跑開。還沒等他喊叫，學生們便紛紛大笑起來，學他畏首畏尾的姿勢，興奮得滿臉通紅。「死小鬼——」他的脊梁像是被冷水潑到似的，身體立刻打直，甚至向後彎了些。學生們鼓起勁，又扔了幾塊石頭，喊得更大聲。直到訓導主任走出來趕人，這群學生們才紛紛散去。

「您也真是的，怎麼會來後門呢？家長接送區在前門。」訓導主任皺眉頭，屈膝看著他，像是在等他回話。

「我找我兒子。陳俊德，八年乙班的。」

「陳俊德，陳俊德⋯⋯」訓導主任歪著頭，皺起眉毛，但依舊朝著他伸出手，「我有印象，之前滿乖的。」

「我有幫他打電話請假，但他媽媽又載他來學校了。」

他用力抓住訓導主任伸出的手，焦灼的聲音一下就竄上臂膀，彷彿咬住訓導主任的耳朵。

「別慌，別慌。」

「他媽媽——我老婆，一定有把我兒子載來學校。」他說，「他要比賽，下周還要比賽，不能出事，如果像剛才那群死小孩那樣——」

「肯定是媽媽接走了，別大驚小怪嘛。」訓導主任甩開了手，「一定沒事啦，我記得他很乖的。有些小孩就是壞不起來，也不是壞的那塊料，他一定是自己回家去了。」

他站直身子，緊張感一下子就消散了，臉部的肌肉一絲絲鬆弛，嘴巴微微張開。陽光之下，他的眼神像是貓咪的瞳孔一樣，削得尖銳。主任的那一句話已經鑽進他的宇宙，進到他的微型太陽系裡了。

兒子只是被養壞了，不是壞得透底，對吧？但其他家的孩子就難說了，如同稍早那個背著國中書包的小孩，不但早就壞了，還要摧毀別人。走回家？那就更別提了，沒有史坦威，他哪願意回家？他一想到這，腦中浮現了一個念頭：大排水溝。兒子會不會巧遇那個背著國中書包的小孩，觸發了惻隱之心，被帶到了那裡？

天快黑了。在夏日微曦之中，他騎著腳踏車，在崎嶇不平的路徑上顛簸。太陽將他的影子一片片撒在泥土地上，就如同早上那些一頁式履歷，全都一個樣。這街上無數個父親，全都一個樣。

他往蜘蛛工廠的方向疾駛，弓著背，用力踩著踏板，腳踏車划開了草堆，勉強用車輪剃出一條路徑。他用力再踩一下，小腿肌迸發的力量如同拋物線，讓大腿肌肉顫抖，慣性讓車體在草徑上顛簸滑動。

汗水滲進眼睛，視線不斷受干擾，聽覺卻也越發清晰。

他能聽見身上的每一絲肌肉都如同琴弦，逐漸拉扯繃斷。他能聽見腳踏車也是壞鋼琴的一部分，正在發出悲鳴與顫音。

他蹬起踏板，用力往後一撐，速度越來越快，身旁的蘆葦不規則地晃動，前方的泥土地上有一個淺淺的黑影朝他滑動，他抬頭一望，斜陽正好遮蔽了視線，又是那白色的身影。

當他終於用風速撥開睫毛上的水珠，最先掠過的是蘆葦，然後是鐵皮屋，最後是大排水溝。經歷漫長的一個午後，終於見到兒子了，應該能見到兒子，最後一次，他是這麼想的。

一個削瘦的男孩被夾在那群人之中，臉上紅腫，雙手也都是瘀傷，身體像是破抹布，被扔來推去。「你看！又是你，每次都是你——」那個背著國中書包的小孩，搶過男孩的書包，找出皮夾，將它往外翻。什麼東西也沒有。「哥，你看。」一個被喚作哥哥的孩子光著腳丫子，站在大金屬上抽菸，臉上露出微笑，「記得下次多點帶點錢來，知道嗎？」

那不是兒子。應該不是兒子。他猛然想起，兒子遇到危險或犯錯時，總能直覺式地閃避，找一個理由為自己解套，將錯誤推給其他人，讓別人自責。削瘦的男孩一句話也沒有說，沒有反擊，沒有為自己解套，安安靜靜，他就知道那不是兒子。儘管那撮頭髮，那雙眼睛，那副身形，甚至連膚色都有點像。但那肯定不是兒子，因為青春期的男孩，都擁有如此相似的臉龐。

削瘦的男孩被擊倒在金屬上，抬起頭，似乎發現了他，兩片嘴唇半張半合，彷彿在叫著：「爸。」他聽不見，但從嘴型上看出來了。

此刻，腳踏車已經完全失守了。早在泥土路疾駛的途中，他數度壓住煞車，但都沒有效果。他應該放開雙腳，死死扎住地面——如果不這麼做，車子就會衝向削瘦的男孩，衝向孩子們腳下那塊可能會爆炸的金屬。他是這條街最壞的父親。金黃色的螞蟻已經爬上孩子們的身軀，漫過嘴巴，蓋過頭頂，覆蓋成一大片可怕的閃光，但所有孩子都渾然不覺。他緊緊壓住煞車，卻又瘋狂踩著踏板，內心那一顆小太陽快要破繭而出。

橋

「下一次您回淡水，我們約個時間，移交剩餘的東西，」房屋仲介用餘光檢視著我臉上的瘀青，卻也見怪不怪，拿了鑰匙，鎖上大門，「您還會回這附近轉轉嗎？」

我捧著雜物紙箱，眼睛望向邊坡上的紅磚屋。鼻子已經被薄薄的黏膜與血塊封住，但依舊保留縫隙。我想用手臂抹抹臉，正巧聞到雜物中妻子的外套——是妻子的味道，妻子的靈魂還在裡頭；我也聞到了小南的味道，我對小南依舊保有憐愛，卻不知道該怎麼辦；我聞到了雨水與塵土的味道，離大地很近，也離天空很近——這些氣味就像一座座橋，如果沒有人知道橋的存在，那它就是一條死胡同。

「下一回，我應該會先去一趟靈骨塔，看我老婆。」

房仲先生點點頭，還我一個微笑。我繼續說：

「沿著淡水河散步，去看看觀音山，用望遠鏡看看遊隼……」

「看看落日也不錯，」房仲先生把鑰匙們放進口袋，互相碰撞，叮噹作響，「我當房仲二十年了，淡水的落日是最棒的。再過幾個小時就能看到了。」

「好。」

我深深鞠了一個躬，房仲也點點頭。

就好像當年想從樓頂往下跳，那種俯視的懸置，淡水的時間終於靜止了。

我沿著河堤走，在雨落傾盆的終結一瞬間，浮光擴散到看不見路面——我突然明白一個道理：人的一生中有兩大錯覺；一個是擁有退路，另一個是沒有退路。二十七歲到四十五歲這段年紀彷彿佇立在橋中間，既不前進，也不後退，久而久之，連自己都會開始生厭。

整個下午，我都透過半片布滿裂痕的眼鏡片，辨識著淡水河堤沿岸濃蔭榕樹垂下的氣根與自身裂縫的差異；視覺是不牢靠的，只能依賴感官去理解一切。唯一能讓我寬心的是氣味，葉脈狀的海水鹹味有時能夠疏通鼻腔，但從黑暗中凝固的鐵鏽血腥卻阻塞了自然的饋贈。

看不見任何事物很悲哀，但聞不到任何事物也同樣令人傷感。

我用力吸了一口氣，泥土與海風的味道像一根極細的神經纖維鑽入鼻腔，讓我突然想起海明威的名言：「每一個人在世界上都受挫折，許多人反而在折斷的地方長得更結實。」會不會就在此刻，全新的挫折再度降臨，例如感官的削減，例如情感的麻木，只是為了讓自己更茁壯，更堅強，更專注？但海明威最後依舊把獵槍管含進口腔，在扣扳機啟動的前一瞬，不曉得他有沒有嘗到生命中最後一點救贖的油味？

挫折與結實，對於小南，對於妻子，一個個傷得太深太深，精神年紀無法繼續負荷的靈魂來說，只是另一種痛苦罷了。

林蔭中飄來些許香火味，工人在噪音的間隙之中，敲掉一面布滿陳年苔蘚的紅磚牆。聽說，接下來這裡蓋起捷運，遊客會越來越多，工人開始整理環境，刮除紅磚牆上的青苔——但人們並不曉得，其實是青苔支撐著磚瓦。傳統的紅屋子紛紛傾倒，水泥樓一間又一間林立。

淡水的時間又一次靜止了，而空間卻不斷前進，直到它失去洋樓、天井、木門。除了妻子，我沒有告訴任何人，自己童年的記憶就來自這裡。重建街的石屋內會飄出茶葉味，清水街的小徑裡有枇杷的香韻，而這些東西並沒有隨著我的返鄉而被召喚，相反的，一切事物都待我如同陌生人，儘管自己試圖重新振作，但淡水似乎已經認不得我了。

我重走了一次當初尋找小南的路線——我好像一輛中古車，全身震顫，從一場白日夢中驚醒，體內有一盞燈，被一名金黃色樂手給唱亮了。

二十年前，我曾帶著妻子返鄉，帶她逛一逛淡水。我帶著她偷偷潛入國小母校，指著牆壁尚未被抹除的人臉塗鴉：「那是我三年級時用蠟筆畫的，那時候有一個實習結束的女老師對我很好，注音符號是我與她的名字——」妻子沒有注意聆聽，心不在焉地抽著菸。那時妻子尚未懷孕，對未來的形狀還不用靠過去指認。

「沒人想聽你的初戀史，」妻子背對著塗鴉說，「我們什麼時候回去？」

我並沒有受打擊，繼續指認著過去，拉著妻子前往渡船頭，盯著河口處僅存十幾戶的水上人家：「那個叫蜑家棚，就是那種，把木樁插在河面泥沙裡，搭建來的干欄屋，看起來很像漂浮在水面上對不對？有很多榮民就住在那。每次我被阿爸打到逃家，都會睡在一個老兵家，半夜想上廁所時，開了門就往河裡尿尿。夜晚很涼快，但蚊子也很多，不管我怎麼放輕腳步，地板總是吱吱作響，榮民都睡習慣了。」

但我沒繼續述說的是，才不過幾年的時間，棚屋一間接著一間傾頹。

召喚這份往昔純真，是有代價的。我盯著剩餘的木材料在泥沙中半沉半浮，腦中那一座記憶的博物館漸漸被貼上封條。

「總有一天，全都會被拆掉吧？」妻子沒住過淡水，對記憶的看法與我完全不同，她已在歷史與新物質的邊界前，選擇移居至後者。

我想說些什麼，但也為分享這分感受而羞愧。妻子說得對，萬物死滅，自己的經驗終將淡忘，如果要讓它留下，那也是另一種痛苦。但記憶總會在物質上留下一些線索，就在我們準備離開時，夕陽偏斜的光線照亮了卵石的表面，玉黍螺的爬痕——細緻的紋裡，看似靜止，卻又在碎浪之間反覆恆生。

「好啦，我們回家，」我雙手一攤，「這裡沒什麼好看的了。」

黃昏時刻，我們驅車行駛在關渡大橋上，在離開淡水之前，夕陽點燃了雲朵，我想喚醒副駕駛座披著運動外套睡著的妻子，想讓她在黑暗來臨之前看到一點光明。她也許對光明沒什麼興趣，反而先行看透了我的心思，打了一個呵欠之後，繼續沉睡。

車體動了起來，金屬殼靜止在兩個閃耀的輪子上，任由速度削短了兩側的風景——黑暗與光明，它們如同車流，跑動得不是很均勻，但也因為如此，人們才會在不知覺的情況下駛出大橋，度過令人生厭的這一段歲月。

然後下起了雨，重重打在擋風玻璃上，車內的空調不再清新，彷彿把塵世的味道接引至內部，讓一切回歸記憶誕生前的死寂。

縱使妻子冷漠，但我依舊想愛著她。

每一次離開淡水，我的感官便會消滅。我每隔幾週，都會親自開車返鄉，就算獨自一人也好，看看河岸的遊隼、大水溝的夜鷺、水上人家旁的大白鷺，並在重建街的坡道上來回漫步，甚至偷偷潛入荒廢的淡江動物園——唯有如此，自己熄滅的情感才會撲朔搏動，像紅胸主教腔內微小暗紅的心臟，自己性器才能充足血液，與妻子交合，誕生愛的產物。

「這孩子一定要成功，」妻子在床榻上抱著嬰孩，「不能像我們年輕時那樣。」

這句話是一個詛咒。我知道那是妻子的期許，但依舊對此保有恐懼。

多年以後，金融海嘯來襲，我們家破產，兒子自殺了。

甚至連我也不知道，該用什麼故事向別人解套兒子自殺的動機。

我只知道，我與兒子這兩代人，竟然全是提姆．波頓筆下的牡蠣男孩。正常嗎？說不上正常。永恆的內向，無法承受自己的天真與傷感，最後被父輩的期待所吞噬。

告別式過後的當晚，我萌生了一個念頭：也許兩人的一生也該走到盡頭了吧。當初存留在卵石上的那道螺痕，也許是一條將靈魂帶往潮水之中的途徑。也許我該帶著妻子，躍入夜晚的淡水河，這樣就不會讓人發現，夫妻倆不堪的一生，其實是一張過曝的底片，溺斃於藥水的同時，顯影出混跡模糊，如同宇宙眨眼排出灰塵的失敗靈魂。

還沒等我講述，多日未曾說話，躺臥在沙發上的妻子反而先開口了。

「我想把兒子生回來。」

每當完事之後，妻子的軀體便會背對於我，光滑冷白的身體，像螺的線條，冰冷、堅硬、蜷縮。我感覺自己像雲海中的一座山巔。妻子也是近在咫尺的那一座山頭，竟也要經歷無數空間與時間的交換才能抵達。

妻子終於在第三次流產後生了重病，原以為是哭得太重，說氣話，罵我在她的眼睛裡忽大忽小，看得眼窩疼，沒想到最後卻摘除了一隻眼睛。她怎麼吃就怎麼吐，聲音越來越淺，話語阻塞，胸中形成磊塊，只能乾嘔，好像我與她相遇多少年，她便把這些年的情話轉化成穢物還給我似的。

在醫院裡，妻子一半的頭裹著紗布，躺在病床上對我說：「記不記得你前幾天讀的那本小說？」

我當時在深夜醫院廁所裡讀了一本上個世紀經典小說家的巨作。我興高采烈地對著妻子分享發現嶄新世界的喜悅，妻子卻說，這本小說根本沒什麼，大家都知道，你白讀了。

「其實那本書很不錯，」妻子說，「你一直都很有眼光。」

「我想把工廠關了。」我坐在床邊，抬起頭，對著妻子說：「很多同行都撐不下去了，這金融海嘯可不是鬧著玩的。」

「在那之後呢？」

「我在淡水還有一間老房子，」我說，「我們可以把它重新翻修成教室，開個安親班。我們結婚前，妳不是一直很想教書嗎？教孩子們寫點東西，讀點東西，或是彈鋼琴唱歌。妳知道的，那些課本之外的東西。」

「一個瞎子還能教什麼書。」

「喬伊斯也瞎了，也還能寫小說。」

「那是他祕書代勞。」

「我也可以當你的祕書，」我拉著妻子的手說，「我只想跟妳一起做一件事，我希望妳生命的計畫之中，裡頭永遠都有我。」

妻子用剩餘的一隻眼睛流淚。

與妻子搬回淡水的那一天，我的感官全都打開了。半盲的妻子站在半完工的教室牆壁前，我為她搭起鐵梯，刷著油漆。妻子堅持要親手打點自己剩餘的未來。四周瀰漫著甲醛味。剛裝上的燈管閃爍不定，投放間歇的光束，打在妻子頭頂，黑影隨著身體的搖晃在周圍繞圈子，彷彿有一隻禿鷹聞到了氣息，盤旋在她上頭。

安親班位於某處邊坡的下方，剛開始生意還不錯，邊坡上方的孩子們都會急奔而下，衝進教室打鬧成一團。下午三點後的太陽毒辣，曬得孩子們黑褐色的後頸發起皺紋，像路上脹裂的枇杷。陽光會在午後朦朧時刻撥開霧氣，露出像道路一樣的紋理，蚊蚋跟循著化開來的霧絲，閃避摩托車、玻璃窗與老人家；等到泥土的氣味衝上鼻梁時，地面就會冒出一顆顆黑點，像老人身上的斑——雨滴全心全意地投入它的生命，但其他生命卻匆匆躲避。

三年級以前的學生是會撒尿哭鬧的天使，五年級以後的學生則是微笑耍賴的惡魔。妻子為了管秩序，常常拿著外國繪本或民間故事集讀給低年級的孩子們聽，但她卻常常竄改內容，變成恐怖故事，孩子們嚇得哇哇亂叫，卻又乖乖坐在原地。

「很久很久以前，在愛爾蘭的小鎮，大家晚上睡覺都是不鎖門的。直到有一天，小威廉在睡覺前偷偷打開大門，想讓喝醉的爸爸回家——結果——」妻子頓了一下，深吸一口氣，屏住呼吸，睜大剩餘的一隻眼睛看著孩子們，「一隻小兔子跳了進來。」

「搞什麼啊，原來是兔子啊。」

「嚇死我了。」

「我還以為是虎姑婆。」

「什麼是虎姑婆？」

「愛爾蘭在哪裡？」

妻子笑了笑，不理會孩子們的議論，輕咳兩聲，繼續說。

「第一眼看，以為是小兔子，再仔細一瞧，又覺得像條小狗，等走近了再仔細看，那東西慢慢長大，逐漸像人的形狀——同時，隨著那東西膨脹，小威廉感到全身無力，力氣像是被吸走了一樣。」

「小威廉死掉了嗎？」

「沒有，還沒有。」妻子說，「小威廉的母親一把抱住他，衝向臥室，喃喃自語說：『老天啊，它到底什麼時候才要放過我們？』一邊用家具堵住房門，一邊對孩子說：『這個時候別敞開家門，不然鬼會來找你，吃掉你的影子。』小威廉點點頭，裹著被子，縮在床上睡著了。」

妻子快速翻了翻書本，找了一個段落，重新補述接下來的故事。

「小威廉常看到鬼在大白天出現。鬼在前往醫院的路上等他，在前往城鎮的橋梁上等他，在回家的小巷子裡等他。鬼總是遠遠地躲在陰影中，發出嗚咽的哭泣聲。小威廉覺得鬼很可憐。他回到家，把看到的一切都告訴媽媽，媽媽卻不耐煩地說：『不要大白天的還在做夢！鬼不可憐，它只是留在人間贖罪而已。』有一次，小威廉貪玩，太陽下山了都還沒回家，並且又看到了膨脹的鬼。他邊跑邊祈禱，希望天使來救他。一個不留神，小威廉被小石頭絆倒了。正當他覺得自己要被拖進地獄時，原本膨脹的鬼漸漸有了形狀，變成了爸爸的模樣。」

「所以小威廉死掉了嗎？」

「沒有，還沒有。」妻子說。

「可能要被鬼抓住了。」

「安靜安靜，我故事還沒說完呢。」妻子笑著說。

「小威廉最後一定是死了。」

「他搞不好是神經病，把鬼認成他爸爸。」

「沒錯沒錯，我媽也常叫我爸『死鬼』，所以那個鬼一定是小威廉的爸爸變的。」

「你們再吵下去，我就不往下說囉。」妻子又往後翻了幾頁。孩子們紛紛安靜下來。過了好一會兒，小南舉手問道：「老師，我想知道小威廉最後怎麼樣了。」

「一定是死了。」

「閉嘴，臭男生。」小南用拳頭捶了一下男孩的頭。妻子趁著男孩流淚之前，趕緊上前安撫。小南的拳頭似乎是燙的，灼疼了男孩，讓他的嘴巴不斷傳出嘶嘶聲，像一快燒紅的鐵塊進入水中。

「故事的最後，膨脹的鬼變成爸爸的模樣，」妻子闔上故事書，「對小威廉伸出了手說：『白天的夢沒有了，接下來是夜晚；夜晚沒有天使，接下來是地獄。』就這樣。」

這群處在天使與惡魔之間年紀的孩子們開始抱怨「獨眼龍」老師又講了一個沒頭沒尾的故事，就連原本被安撫的男孩也開始抱怨妻子的不完整。只有小南抱著膝蓋，坐在原地不說話，連一句「為什麼？」都沒有。

比起同年齡的小學生，小南是一個很顯眼的學生：長髮及腰，黑褐色的眼珠鑲進眼窩，只要她兩邊的眼尾微微上挑，劃出一道貓鬚般的眼角——她活潑得像一隻翠鳥，只要我或妻子試圖要她安靜下來時，她便會放下所有活動，眨動眼睛，盯著我們的臉。

尤其是我在彈鋼琴的時候。

每一次，當孩子們下課回家，我都會趁著妻子歇息的空檔，獨自一人坐在教室的鋼琴前——用當初那座泛黃琴鍵的山葉鋼琴，彈奏起兒子生前苦練的拉赫曼尼諾夫。根據兒子講述，當時四十歲的拉赫曼尼諾夫創作了十三首歌曲，配合著女高音，劃破冷冽的空氣，讓冬雪大地上蕭索的灰黯氣息重新瀰漫在舞台上——唯獨最後一首無言歌，沒有歌詞，卻擁有更多的述說——深沉內斂，像雪花反射的明暗之間——這種述說得小心翼翼，它就像一個離別的孩子，不敢走遠，持續回首遙望著自己的幻影。

每次彈完琴，我便會大汗淋漓。彷彿一個人從大雨中急奔返家，分不清皮膚上的究竟是雨水還是汗水——而氣味，是最奢侈的通行證，證明我暫時屬於現世，腋下與頸後的味道如同暖流，讓馥郁芬芳與體味餘臭成為一體，成為秋日之下，一片螺旋降落的落葉。

小南就只是聽著，每結束一次無言歌，小南便會使勁鼓掌。並且對我喊：「克己老師好厲害！」偶爾妻子也會站在小南旁邊，對我輕輕鼓掌之後，去做別的事。我總是害羞地點點頭，但也不敢太靠近小南。與學生們互動是妻子的職責，而我也擔心，逐漸步入中年的體味，會讓人產生厭惡。如同當年兒子厭惡我一樣。

唯有雙手在琴鍵上掠過時，空氣才能像鋼絲般晃動起來，彷彿氣味分子能被干擾與挪移，讓所愛的人屏氣凝神，拉開時間與空間的距離，彼此體內非對稱的燭火各自搖蕩著，萬物沉浸在安寧的餘溫之中。

但過沒多久，小南消失了兩個星期，等她再度出現在班上，她已經說不上話了——準確來說，小南依舊能說出話語，但都像靈媒、巫婆或魔法師一樣說奇怪的話，嚇壞其他同學。

「白日夢沒有了，接下來是夜晚；夜晚沒有天使，接下來是地獄。」小南重複叨念著妻子說過的故事。她眨動眼睛時，眼睛周圍充滿著血絲，彷彿很久沒有睡覺似的。原本貓鬚一般的眼尾，如今越拉越長，用一道裂縫凝視著我與妻子。

妻子下課時將小南帶進廁所，用乾枯的手檢查小南的四肢，撫摸臉龐，按壓皮膚上番薯色的瘀塊，不到三分鐘左右便把她放回家去了。我這才發現，小南走起路來一瘸一拐，彷彿斷了第三條腿。

「我等等就去通報。」

「她沒問題，」妻子喝止，「有些事我們不能管。」

「但我們是老師，我們有責任。」

「這要留給真正的老師解決。」

「至少先讓她留下來，我們一起了解狀況……」

我想繼續說下去，但妻子已經轉過身子，消逝得迅速且慌亂，像一隻黑貓竄進巷子，回廁所去了。我聽見哭聲、乾嘔聲、吸鼻子的聲音。當她再度出來，勉強抿起嘴，微笑的嘴巴像是拆開紗布後，一條焊死眼窟窿的縫線。

安親班營業才一年多，學生們越來越少，就連那些調皮的男孩們都離開了。隨著妻子病重住院，我彈鋼琴的時間也越來越久，小南聆聽的次數也在增長，但她再也沒有說話，就只是沉默地抱著雙膝。

我不知道如何跟同學們相處，更不知道如何陪伴患有創傷的孩子。

每次隨著無言歌敘述的高潮與驟降，音符便會顯得特別安詳，像是有人假借我的手，告訴所愛的人：這音樂，是我們的無聲對話——沒有人受傷，沒有人痛苦，沒有人悲哀。但不經意的力度常常將上述所及的情緒凝聚，短暫成為高潮後的激昂，巨大情感得以釋放，但隨即而來的卻是虛無。

小南依舊會鼓掌，給予這分敘述一種酬謝，就好像絕望對著失望，說了一聲：謝謝。

我的心也因憐惜小南的處境隱隱作痛，但這間安親班已經沒有學生了，每走一個人，搏動的惻隱之情便會慢慢減速。

每一位學生都是白天突然消失，晚上才傳來他們父母的來電：「我很抱歉……」、「由於升上國中……」、「孩子以後就是要讀理組……」。

過度的關懷只會讓小南更加傷心，就像胡亂修補損毀的茶器。於是我想到一個辦法：除了音樂，也許可以像妻子一樣，教她寫東西。

在教室內，只剩小南埋首寫字，「後來，媽媽越死越少，就跟灰塵一樣。」小南如此寫道。午後的淡水降起驟雨，我擤擤鼻子，把勾引感官與情緒的味道打散。我模仿妻子的口吻對小南說：「跟題目不太符合喔，多描述一點爸爸，好嗎？」

小南領回稿紙，回到座位上。她低著頭，讓鉛筆不斷從桌上滾落到地面，讓筆芯斷裂，並將它撿起來，重新削尖。

「妳可以休息十分鐘，回來再繼續寫。」

她小小的身子掠過我的身旁，打開大門，跑到隔壁巷子跟老羅納威犬一起玩耍。也許**「我的父親」**這個主題對小南太沉重了。我上個星期才帶著全班（當時全班只剩下三個人，小南與一對雙胞胎男孩）讀《小國王十二月》——一個不斷縮小的國王，他的世界沒有死亡，只是逐漸縮小，最後回歸塵土。小南很快就將書裡面生動的比喻套進生活。小南的生命經歷也只不過剛企及人類平均壽命的八分之一，她的感官才剛打開。

巷子裡一點聲音都沒有，只有老羅納威開始狂吠。已經超過半小時了，小南還沒回來。我拿著妻子曾經穿過的運動外套，帶了一把折疊傘，慢慢走到隔壁的巷子裡。但巷子裡什麼也沒有，只有老羅納威據守在路中央。牠患了皮膚病、尿失禁、一隻眼睛帶有角膜炎：發白混濁的眼珠微微透映萬物的輪廓，彷彿生命正以強烈的意圖收攏各種模糊的奇蹟；牠也許像妻子一樣，曾努力用剩餘的力氣看盡一切；或著牠只是像這巷子裡的其他老人家一樣，盯著乳白色的映像管電視機發愣，無意識地排出鮮黃色的尿液。

老羅納威發現了我。牠起身，坐在我站立的位置旁，緊盯著虛空。

巷子傳來聲響，老羅納威的主人也發現了我。

髒兮兮的背心，幾乎破爛的短褲，軍用靴。老瘋子蹲在巷子裡，脊梁上彷彿背著一個巨大的石頭，汗珠沿著臉龐上的傷疤疾行——水滴映出一個又一個新世界，卻又很快地合併彼此，最後蒸發。

在早些年，每一座小鎮都允許居住一個老瘋子：卑鄙的老頭、創傷的老兵、倖存的零餘者。他們突如其來的吼叫並不致命，但眼珠子會咬人，躲在各種黑暗角落，凝視著萬物。

在找到小南之前，腦子要保持冷靜。

我喘著大氣，不由得凝視起巷子裡的黑暗。如今，只剩我自己一個人了，只剩小南一個學生了，一定要堅持下去，一定要讓妻子的夢想延續下去。

「老公，你知道為什麼會有銀河嗎？因為黑暗燒乾了。人們天天盯著剩餘的殘渣，取浪漫的名字，許無聊的願望。」幾個星期前，妻子躺在病床上，別過頭看著窗外。我順勢點點頭，也看著玻璃窗上妻子的倒影。她長嘆一口氣，像是把剩餘的靈魂吐乾淨，「你真的是最棒的丈夫，跟其他人不一樣。我說什麼都相信，我講什麼都答應，」妻子將棉被拉到頸子，看著天花板，「去做你想做的事情吧，我已經不是你的後路了。」她在逝世前的晚上將這一輩子的話說盡之後，閉上早已看不見萬物的眼睛，一隻手慢慢垂下，像是一位列車長允許列車繼續行駛。她搭上死亡的列車離開了。

老羅納威用鼻子撞了撞我的手，像某種塗抹筋肉的外用藥液，牠鼻子上的濕氣滲入我的皮膚，使身體不再緊繃。

我吸了吸鼻子，吞口水，將手掌懸在肋骨邊緣，對著老瘋子說：「有看到我的學生嗎？女孩子，個頭大概這麼高。」

話語穿透了老瘋子的眼睛，穿透了黑暗，穿透了光明，各自飛往閃耀著波光的淡水河口、長滿白色虎耳草的山壁，以及下過雨的午後，長滿青苔與菌類的紅磚小巷。老瘋子乾笑著，聲音就像從鏤空鋁罐傳出來的。

一輛 150c.c. 的摩托車緩慢經過我的身後。老瘋子對著騎士咧嘴，擴張自己的聲響。騎士回過頭，慌忙地催著油門離去。

終於，我得以逃跑，穿過熟悉的巷子，疾行在大街上，一路向前，穿過逐漸增多的人群，但感覺身體像在水中不斷往下沉。驟雨刷亮了世界的顏色，房子跟隨著腳步依依就位，一對老夫妻擋在我前面，他們彼此交談，牽著手並肩慢行。「別擋路——」我用身體衝斷這一道人鏈。老男人愣了一下，隨即出口大罵，停下腳步，扶著妻子，瞪著我可憎的背影。

地面的黑點開始增多，我開始奔跑，穿越雨水，穿越黑暗。

我走遍小巷與坡道，耗費整個下午，最後在河岸旁的榕樹下找到了她。

天色完全暗下來了。路燈光將雨絲切碎，變成一道又一道小型閃電。小南站在路燈下，像一棵即將被閃電扎倒的小樹。我撐著膝蓋，喘著氣，將雨傘在小南頭頂張開。

「不管怎麼樣，」我為小南披上外套，「也不該跑這麼遠吧。」

她的衣服全濕，像地上變黑變皺的報紙。一股氣味從小南身上飄出來——有點像栗子花的味道，這氣味並不是新染上去的，而是**遺留**已久，深深烙印在布料與身體之間。

我伸手撥掉她臉上的雨水。小南像是觸電般，瘋咬我的手。她的嘴很小，齒痕的範圍只限於虎口與拇指，沒有滲出血液，卻依舊緊咬著不放，呼吸急促，鼻孔將氣息全都傾瀉在上頭。

我沒有將手收回。

溫熱的感覺沿著手臂往脖子竄升，身體沾了雨水而濕滑，嗡嗡聲沿著狹窄的耳道迴盪，感覺頭顱與身體逐漸分離。眼鏡鏡片上的水滴凝聚又分散，種種影像在眼前眨動，模糊卻又顯眼，像河岸旁一排排閃著金光的燈泡。

雨滴砸在旁邊的鐵皮屋上，在充滿節奏的聲音之外，是大到足以蓋過整個淡水河的寧靜。

最終，小南鬆開嘴巴，又說了一次傻話：「白天的夢沒有了，接下來是夜晚……」

我們在傘下縮著肩膀，穿越馬路，回到邊坡附近，繞過老瘋子的領土，改走另一條巷子。

我的手慢慢感受到疼痛，咬痕開始有了螞蟻爬動的感覺。

在另一條巷子裡，印尼雜貨舖的年輕女子正在店門口用卡式爐煮東西，三個年輕男性圍繞著她大聲聊天，同時偷偷盯著我們倆。這間店的外頭貼滿了電影海報與可口可樂的復古廣告鐵牌，我的眼鏡鏡片布滿水痕，看不清楚圖案，只聞到了食物的氣味，螞蟻般的感覺並沒有消退，反而變得更加嚴重。這一切都像損毀的錄影帶，原本的故事被扯碎了，只剩下沒有聲音，沒有情節，在乳白色螢幕裡頭迅速跳動的影像。

小南的眼睛也在注視著那群人，三個男子也開始惴惴不安——彼此張望，用手指頭指著自己的鼻子，然後再指向其他人。最後他們還是笑出了聲，鍋子溢散喋喋不休的蒸氣，脹滿了店門口。

「我們走快一點，趕快回家。」我用掌心輕推她的肩膀。

「為什麼？」

我輕推著小南的背，想繼續往前走。

小南一動也不動。

雨聲很大，小南嘴巴動著，好像在說些什麼。我聽不清楚。

我不停地說沒事，不停地說著。

「克己老師，」小南說，「我不想寫東西，我不想寫爸爸。」

「沒事，沒事。」我又說了一遍，像是說給自己聽似的。我微笑地越久，就越崩毀。我再度往巷子的深處看去：巷子很黑，很迷人，讓人忍不住想凝視黑暗。為什麼黑暗如此誘人，讓人想忍不住往裡頭多看兩眼？為什麼要寫東西呢？為什麼要叫孩子們寫東西？只因為發生了什麼，就該寫點什麼嗎？

「克己老師，」小南拉著我的衣服邊角，語氣很平淡，也很絕望，「我不敢回家。」她又說了那句傻話，「夜晚沒有天使，接下來是地獄……」

我們返回教室，開了門，拿回小南的東西。

小南家住在邊坡上頭，一間由紅磚建起來的老房子。她得爬上不合時宜的陡坡，走進只容一人的窄石梯，才能到達鐵欄杆大門口。

我下意識又伸出手，想摸小南的臉蛋，但痛覺爬了上來，手掌只懸在頭顱上空。「妳以後別再亂咬人了，也不要咬自己。」我看著自己的手背，上頭的齒痕只消退了一半，些許皮屑圍繞著環形的傷疤，像淺淺的火山口。

太陽早已徹底落下，黑暗開始蠢蠢欲動。唯一的證明就是影子，白天的憂傷與失落都藏在那一小束深淵裡頭，就連柏油路也因為黑暗的滋長開始鼓脹，彷彿有一個看不見的巨人緩緩失足，透明的壓迫感朝著我襲來。在黃昏來臨之前，萬物都還能夠擁有自己的色彩——但只要腳後跟拉長了影子，人們就會像送葬隊一樣，拖著一副黑棺材，走上一條無盡的黑暗之橋，朝著死亡慢慢前行。

小南離開前，將妻子的外套還給了我，說了聲謝謝老師。

我目送她朝紅磚屋走去，發現小南沒有完全帶走自己的影子。她的影子彷彿被月亮釘在地上，隨著她走上斜坡，越拉越拉長，像一座收容所有陰影的橋梁。我佇立在原地，看著這座橋梁越建越長，不敢貿然走上去——如果自己移動了，看似距離縮小，但這座橋很快就會破壞，永遠無法抵達小南的內心。

我凝視著補習班門口的黑暗處，心裡不斷想起小南口中那幾句傻話：「白天的夢沒有了，接下來是夜晚；夜晚沒有天使，接下來是地獄。」

小南進入那棟紅磚屋，沒過多久，傳來陣陣打罵聲，尖叫聲。

我發現自己的眼眶想要湧動出一些液體，但卻馬上被睫毛吸乾。這些日子以來，自己竟然哭得這麼的少——不知道從什麼時候開始，大家傳遞情緒的速度都很快，卻沒有一個人可以以等速釋放痛苦。那僅僅表明了人們活得越來越像一場夢，夢裡面的語言、畫面都快速且破碎，有人試圖在漫長的夜晚組織這些碎片，卻又比白天更加絕望。

離開淡水的前幾個小時，小南爸爸親自來了一趟教室——不是送別，也不是警告，只是單純通知我，自己繳不起錢，無法讓孩子繼續上安親班。小南爸爸是唯一一個不用電話聯絡的家長，他瘦高、五官端正、皮膚黝黑。他只用左腳支撐大地，右邊腋下的拐杖代替了早已失去的右腳。

「林爸爸您好，這是我第一次看到您本人。」我勉強自己不去看他空蕩蕩的右腳褲管，試著擠出笑容，「林爸爸，你們家孩子狀況真的不太好，關於這件事……」

我一度覺得自己很傻，打住了口，這不是我該闖入的世界，太複雜了，妻子說的沒錯，這件事應該要留給老師或社工來做，自己沒有資格。

腦中突然浮現出那座橋梁。

我想走上去，卸下所有的深思熟慮。

縮短即是破壞，但破壞也許就能重生。

「雖然我只是安親班老師，但按照教育者立場，不論是家暴還是家內性侵，我們一定會去通報——」

那一瞬間，我的視野被遮蔽了一半，隨之而來的是堵塞，然後才是血的餽贈。

現在，河岸飛掠過一隻遊隼。我身上沒帶望遠鏡，眼鏡碎裂也看不見，只能從隨身的筆記本撕下一張，盡可能速寫些什麼。不論是什麼。一座半完成的新橋在河的盡頭，遮蔽了所有凝視的可能。

鋼筋像一根根吸管，刺破夕陽，吸空氣中的脊髓。

我坐在石頭上。就只是待著。待在河岸旁。

河岸另一頭有大白鷺。當年的水上人家還在，兩艘小舟繫在木樁上，一個男人爬上其中一艘。大白鷺站在船尾，一動也不動，看起來像在發呆，或是在凝視河底的魚，或許牠要去做一件習以為常的事，或許什麼都不做，就只是待著，既不前進，也不後退。

髒黃昏

記不記得你曾對我描述過一個很迷人的海況？鳥群在河口掠過橘黃色的雲彩，牠們受大風所迫而停懸，瘋狂地抓住天空，彷彿定格般與雲速等同，看上去像天花板壁癌，永遠停留於空中——那麼就意味著看到了「髒黃昏」。一回過神，世界就開始下沉，整座天空壓在海面身上，冒著蒸汽，長出如同神經線一樣的青紫色閃電。

儘管我在任何書籍上都找不到相關的紀錄或圖片，但我依舊用那一雙近視尚淺的眼珠，尋找你口中說的髒黃昏。你還說，只要看到「髒黃昏」就必定有意外會發生，例如飛機撞大樓、股市崩盤或傳染病肆虐什麼的，反正都是悲劇，任何人都難逃一劫。

阿建，我能發現髒黃昏的原因就是來自於你。

當你在亮光中瞇起眼睛，以褐色的瞳仁對準鳥類、螳螂、植物，甚至是雲，你總能精確地說出如同橋梁般的英文學名或拉丁文學名，並轉過頭，將這座橋梁搭進我的眼睛，並再次複誦萬物的樣貌。我唯一能做的，就是記下你告訴過我的細節，讓它們永遠留在我的腦海中。我覺得只要你願意，就可以看得到隱藏在樹葉、沙塵與蚊蚋之間的風，並歸類出風的方位與種類。但討人厭的是，你隨即又會編一些很可笑的謊話來唬爛我。

例如有一天下午，我為了應付暑假作業的畫圖日記，求你帶著我到頂樓觀察雲朵。

「那些卷積雲真的遠得要命，大概在九千五百米的高空，高於地平線三十度以上。但你只要伸直手臂，將自己身體的一部分當作量尺測量，就能發現小雲塊的尺寸恰好能與食指為同樣的寬度。」

「這些雲是怎麼產生的啊？」我問。

「就，跳傘運動員在空中辦婚禮啊——」你指著飛機說，「他們邊跳傘，邊向地面撒米粒，為世界去除穢氣。看到的人運氣會變很好，買樂透會中頭獎。」

我信以為真，晚上將這個大發現告訴父親，說我看到天空降下的米粒，趕快去樂透，這樣就可以發薪水給工廠的叔叔阿姨們了。父親愣了一下，臉色瞬間一沉，他的表情突然變成廟裡面的黑臉神像，怒目之下拿著麻將牌尺打了我一頓，卻一句話也沒說。

當天早上是我第一次看見髒黃昏——可能跟你口述的樣子有點出入，但它確確實實地進入了我的眼睛，並且發生了一些躲不掉的事。你問了我許多細節，反覆確認許多動作，甚至核對許多人的名字。我將第一次看到髒黃昏的事情一同寫在畫圖週記裡，但我沒辦法像你一樣，把萬物都看得這個透徹。後來你幫我修改了許多句子，甚至刪掉了很多瑣碎的陳述，讓它不會像一篇爆料新聞。但班導師看完後好像很緊張，積極地找輔導老師關心我。

「二〇〇八年八月二十二日，下午五點四十分。萬物都在往下墜落，像今早的股市一樣，已經探到曲線圖的底部了。爸爸的工廠沒有接收到祝福的米粒，雲在高樓之上看著我們，天空布滿了一條條手指。許多人都在找工作，雲也在找工作，爸爸也在找工作，但那些為爸爸工作的叔叔阿姨們都快找不到工作了。他們的手指很輕，飄浮在天上，像棉花糖。中午的時候，我到工廠送便當給爸爸，但我找不到他。叔叔阿姨們好心帶我去找爸爸，還請我吃棉花糖。吃棉花糖時，他們的手指也飄浮在我的身體裡。我的腦子也像雲一樣輕，我的眼前只看得到一大片髒兮兮的雲彩。」

從那次以後，你就開始帶著我寫「航路圖志」。我不知道你從哪裡學到這個東西，每次泡完澡，你便會拿著一疊厚厚的Ａ４影印紙，在上面畫很醜的鯨魚、拉幾根線條充當海浪。你對我說：「不要把它當學校的週記寫喔，這是一本由數名水手以數十年，甚至數百年的時間不斷增加修訂完成的，關於某一片海域的資料。我之前已經寫了不少，現在我們可以一起寫。」

當我寫下「今天海面平穩」，你就會後頭續寫「軟風。在細霧中與座頭鯨擦肩而過，浪花越過船軌。」

我們常常在過於明亮的浴室裡玩航海遊戲，擁擠的浴缸有時是我們的船，有時又是大海。浴室裡頭的牙刷、洗衣籃、漱口杯是星座、毛巾是星雲；浴缸漂浮的塑膠鴨、肥皂、沐浴乳空罐分別是羅盤、六分儀、水手的蘭姆酒等等。我們並沒有渴望航行到更遠的地方，這一片海洋、這個家、這個社區的海象每一天都不盡相同，值得花費大把時間觀察、記錄、歸納。

之後，我們的詞彙越來越豐富，儘管學習的術語都是從書上看到胡亂拼湊的，甚至有很多描述都是自創的，一點都稱不上專業，但我們兩個截然不同的描述混雜在一起，然後漸漸變得相似，成為沒人能取代的密語。我覺得，只要我們寫得越多，世界就會更加龐大，更立體，更完善。

我最後一次翻閱圖誌時，你在上頭如此寫道：「這裡幾乎天天刮著軟風，波峰之間只有稍許的白色泡沫，水波看似柔和，如魚鱗。海面下總有一些駭人的聲響，我們並沒有足夠的裝備與勇氣潛入，只能在這平靜的水波中繼續安身立命，抬頭仰望那充斥著黑色壁癌的橘黃色天空……」

我很想對你說些什麼，但腦袋昏沉沉的，想不到任何一句可以安慰你的話。

之後再也沒有機會對你說了。

母親真的非常迷信，舉凡大小事都要先問隔壁街巷子尾經營宮廟的陳老師。那天我忘記發生什麼事了，母親焦慮得要命，騎著摩托車載著我們到陳老師那裡問事。我的的確確忘記發生什麼事了，但我清晰記得的是，身上冒著汗，吹著微風的感覺；我身體並沒有感到不舒服，反而覺得很暢快。我坐在摩托車坐墊的最前端，母親在中間，你則是坐在最後端，像環抱大樹一樣貼著母親的背，不時將手臂伸常，用手指戳弄我的腋下，逗得我咯咯笑。母親的喝斥聲隨著風速不斷拉長，從家裡一路延伸到陳老師的宮廟。

「阿仁，我覺得我們好像神經電子訊號一樣，每個星期都在這條路上跑來跑去。」你趁著母親燒香的空檔對我說。

每次進到宮廟的那一刻，我都會盯著神像們那幾雙尚未成形，細長的眼睛輪廓。陳老師的神像們幾乎都還沒開光——簡單來說就是沒畫眼睛，但我總覺得這些沒眼睛的檀木雕像其實都瞇著眼，正在看著我，只要盯著夠仔細，就能看見氤氳之中，從不遠處的海上飛來的目光，穿透神像後頭的牆壁，像投影機一樣投射在我的臉龐。

每當我看得入神，母親便會將我拉扯到旁邊，作勢要甩我一巴掌，但通常不會真的打下去，她說：「發什麼呆？還不向師傅請安。」

陳老師年紀大了，禿頭腦袋上的毛髮黑白相間，像骯髒的雪；粗大的眉毛卻黑得發亮，讓人不禁想起生物課時被養死的蠶寶寶。悲傷的同學在發黑的屍體上灑水，試圖讓牠振作，結果只是讓屍體在燈光下更加腐爛。

「免禮啦，坐，坐。」陳老師點燃一小盆火，煙霧很快盤繞在我們的頭頂。陳老師對著我們咧開嘴，露出一口所剩無幾，歪斜的黃牙齒，拿了兩張紅色塑膠椅給我們坐。我盯著那口黃色爛牙，心想，陳老師肯定小時候常常被打，像之前住在隔壁的大頭仔一樣。

記不記得跟你同班的大頭仔？平常放學都會帶著我們到處溜達，做小壞事的那個小流氓；他一年四季都穿著一件布滿黃漬的白色背心，連攝氏十度的冬天也依然如此，口中不斷講著屎尿屁髒話，路過樹叢就拔兩、三片樹葉，看到小狗小貓就扔一顆石頭；大頭仔不斷躁動的身軀冒著熱氣，似乎沒有停下來的一天。

但大頭仔終究是要停下來了的，我永遠記得那一天剛好就是冬天，天氣很冷，我們手插著口袋，輪流向天空呵氣，假裝自己也像大人一樣吞雲吐霧。大頭仔不知從哪裡掏出一包香菸與防風打火機，慫恿我們躲在橋下的大排水溝旁，偷嘗香菸的味道。據大頭仔的說法，這種菸是專門給工人抽的，叫做「新樂園」，沒什麼味道，不傷身體，只能過過乾癮罷了，大頭仔的父親戒菸全靠這個牌子。你接過大頭仔給的香菸並且點燃，用拇指、食指與中指小心翼翼地將它夾緊，放進嘟起來的小嘴巴，然後猛然吸了一大口。

那一次應該是你第一次抽菸，對吧？卻好像要裝作很老練一樣。伴隨著幾次咳嗽與乾嘔，你漸漸把一根香菸抽完了。

「怎麼樣——」大頭仔挑了挑眉毛，滑稽地皺了皺鼻子，扯了扯人中，像是在逗嬰兒笑，繼續說：「有爽嗎？」

「爽你媽。」你掄起拳頭，作勢要揍大頭仔一拳，但伴隨著劇烈咳嗽，不但收回了拳頭，還將拳眼緊貼著嘴唇，像是診所的抽痰機，想將肺裡的廢氣抽乾。

「你咳嗽的樣子，」大頭仔露出整座牙床咧嘴大笑，「像在幫透明人吹喇叭。」

「我也想試試看。」我從口袋抽出冰凍的手伸向大頭仔，打開拳頭，不知道為什麼掌心還散發了一點熱氣，像釋放了被困在拳頭中的紋白蝶。我才抽了一口，煙霧迅速進入了肺部，比液體入侵更加痛苦。我好想吐，腸子與胃都在翻攪，我感到恍惚、頭痛、噁心感，坐在地上，靠著水泥牆幾乎虛脫，連話都沒辦法說。

「你弟有夠遜，連菸不會抽。」大頭仔邊倒喝采邊叫囂著，隨即沉默了一下，以眼神打量我脖子、肩膀、手臂與大腿。

「阿建，你說，你弟會不會，」大頭仔露出詭譎的笑容，「他長得那麼娘，說不定是女孩子——」

「亂講，我們每天都會一起洗澡，阿仁有小雞雞。」

「說不定那是陰蒂，」大頭仔嘿嘿地笑說，「陰蒂就是女孩子的小雞雞。」

「所以，女生也有小雞雞？」

「沒錯，但要多摸好幾下才能知道。如果有變大，阿仁就是男生；如果沒有變大，那阿仁就是女生。」大頭仔看著我的跨下，繼續說：「喂，阿仁，你把褲子脫下來讓我看看。」

「我不要。」我依舊靠著牆，勉強發出聲音，用雙手護著跨下。

「乖啦，大頭仔只是看一下。」你邊說邊幫大頭仔一起扯我的褲子。我總覺得自己好像被螃蟹夾到，或是被鴨子啄了一大口，頓時眼冒金星。抬頭一看，大頭仔的臉與你的臉都不見了——這是我第二次看到髒黃昏。我用盡全身力量，才勉強擠出幾滴眼淚，揮著手說：「你在幹嘛啦，白痴，不要啦，哥哥——」

你突然頓了一下，像斷了保險絲斷一樣，動作停滯，連大頭仔都被你突如其來的暫停嚇得愣住了。你大吼一聲，將大頭仔推倒在地，揍了他四拳，最後一拳剛好讓他留了鼻血。你拉著我，快速攀上水泥格子陡坡，沿著大橋一路奔回家。說來可笑，你的表情像是被臭雞蛋薰到一樣，淚水擠在眼眶裡排不出來，抽了抽鼻子，將鼻水勉強隱藏起來，走路晃晃蕩蕩，抿著嘴不說話。

回到家，你反鎖浴室的門，開啟水龍頭，栽進浴缸，直到晚餐前都不肯出來。我敲著浴室的門，大喊：「開門啦！我要進去尿尿——」但注水聲實在太大了，你跟本聽不到我的聲音。當浴室的門再度打開時，我看見你全身掛滿了水——如果是淋浴，皮膚上的水珠會一顆顆地聯在一起，變成鱗片；如果是半身泡在浴缸裡，則是一條條繩子交錯拼接，像漁網。但你彷彿整個人浸在深海數十分鐘，大海將水織成透明的布，蓋住你的頭頂、披掛著肩膀，纏繞著腰間。

吃晚餐時，你坐在飯桌對面，露出小狗的眼神看著我。你以為我在生氣嗎？氣你不早點打開浴室的門，害我在門口尿了一褲子嗎？我的確一句話也不想說，將免洗筷「啪」的一聲打開，盯著碗內，安靜地扒飯。但我腦中回想的並不是被大頭仔欺負的細節，而是打開浴室的那一瞬間，洗澡水披掛在你身上的畫面。

看八點檔連續劇時，客廳的電話響了十二聲，最後才由剛到家的母親接起來。我們互相對視——完蛋了，晚餐後的電話肯定沒好事。當晚，你班上所有同學的母親彼此打電話，奔相告知大頭仔分送香菸給班上同學的事。

每個版本的大頭仔都做出令人咋舌的事，例如嚼檳榔、混陣頭、被少年隊捉進感化院、偷摸女生屁股、買賣毒品等等。傳聞裡頭只有買賣毒品這件事勉強算是真的。有一次，大頭跑到我們班上吹牛，說他批發了幾包便宜的大麻，饒舌歌手都會吸這個寫歌詞，只要吸了就不怕週記寫不出來，一包一百元便宜賣。但打開拉鍊袋一聞，馬上被家裡賣鹽酥雞的同學發現：「這不是九層塔的味道嗎？」大頭仔尷尬得要命，指責對方說：「你家的鹹酥雞是用大麻炸的吧？」

「他還小。」、「他平常很乖。」、「他一定是被人帶壞。」這幾句話在晚間八點時，幾十戶人家的電話線中穿梭，只是家長們辯護的對象都不是大頭仔。他們彷彿在找一個新的福德坑，能把所有罪責、失職、無能通通扔進去，任由它們腐爛，不當一回事——反正最後總會有人負責嘛。

媽媽拿著衣架抽打我們的小腿肚，並叫我們跪在祖先牌位下，舉三指禮發誓自己沒有抽菸。說真的，我不知道你有沒有發現，母親只要將衣架舉過頭，就代表著落下的速度不會很快，只是擺擺姿勢，輕微地讓皮膚受點刺激。我漫不經心地發了誓，並向祖先告解，如果我說了謊話，便會天打雷劈，或是被人綁起來丟到海裡餵鯊魚。

但我撇見你眼眶裡漲滿的淚水快潰堤了，像春季的豐水期，排水溝漂浮著木頭家具、保麗龍或是塑膠袋。

「阿建乖，阿建乖，媽媽不怪你——」母親將衣架扔在地上，摟著你，伸出手，用指腹吸乾眼淚，順一順你的頭髮，搔搔後腦勺，輕聲細語說：「隔壁人家的小孩逼你的嗎？」你低著頭不說話，將整顆頭顱塞到自己的肚臍眼，彷彿想聞些什麼，想吸乾肚子裡的委屈。

「是隔壁大頭仔給你們的菸嗎？」母親瞇著眼，像那些沒開光的神像，轉過頭問我。彷彿我也是波光粼粼的惡水上，漂浮的中型垃圾。

隔天放學，家長們帶著孩子群聚到了大頭仔爸爸服務的工地，逼迫他帶著大頭仔向家長、老師、教務主任與同學們下跪道歉。大頭仔的爸爸不但賞了大頭仔好幾個耳光，還拿著木材揍大頭仔一頓。我原以為頂多是木棍、麻將牌尺或愛心小手之類的東西，沒想到大頭仔的爸爸拿了一條紮紮實實的松木方，將大頭打到沒力氣吭一聲，連牙齒都被打斷了好幾顆。

大頭仔像你一樣，將鼻子湊到下腹部，但他的兩個鼻孔好像都被人焊死了，只能使勁地將鼻尖鑽入肚臍眼，試著吸取肚子裡的脹氣。滲著黑色液體的血塊從他的嘴巴、鼻孔與耳朵不斷崩落，像蠶寶寶的糞便，沾滿了白色背心。現場所有人都能聞到溫熱、帶有鐵味，像是河床乾涸，混著雜物的泥土腥味。

我們躲在母親身後，與眾人看著大頭仔。他扭動到一塊大鐵板上，身體的重量使得鐵板搖晃，使他看起來像一顆隨風擺盪的蝴蝶死蛹。他的嘴巴已經失去原先的輪廓，發不出完整的聲音，彷彿只要風一吹，就能聽見黑色的洞傳來咿咿呀呀的聲響。

「牙齒還會長回來，對吧？」我扯了扯母親的衣袖問道。母親沒有答話，也沒用雙手遮住我們的眼睛。落日的橘光滲入了黃沙之中，半完成的大樓拉長了影子，覆蓋在大頭仔的身上。大頭仔的影子與大地融合在一起，一切都安靜無聲。沒有人願意說話，老師、教務主任、家長們全都沉默不語。

當天晚上，我們在圖誌上用線條簡單勾勒了一棟蓋在海面上的大樓，天空戳滿黑點，一千隻紫斑蝶正在渡海。一顆橢圓形的黑色團塊在波浪中載浮載沉，那是代表著大頭仔的死蛹。

「大頭仔的爸爸用眼神橫掃全部人的時候，風將遠方大樓的帆布微微掀起，露出錯綜複雜的鋼鐵血肉——這座城市，坐落在藍色星球上的小小黑點，小小殘痕，日日都在發生類似的事。如同死蛹的大頭仔黑點永遠烙在我跟阿仁的眼睛裡，只要我們盯著天空，他便會像細胞一般重生在我的視網膜上。」

當醫生確認大頭仔是一顆死蛹時，已經是兩天後的事了。

母親用力拍了我後腦勺，使我的腦袋暫時停止回想。

陳老師轉過身，點燃一張黃符，趁著黃符還沒燃燒殆盡前將其扔進水杯中。

「今天是誰要問事？」陳老師用中指攪了攪水，將灰燼拌勻，可能還舔了舔手指，並且在衣襬擦拭剩餘的水痕。

我漫不禁心地舉了手。母親嘖了一聲，踢了一下椅腳，我才大聲地喊：「有！有！弟子于斯仁，今天求神明保平安，請師傅開示……」

陳老師先餵我喝符水，雙手不斷結印，像在翻閱一本無形的書，有時搖頭，有時點頭，口中念念有詞。說真的，這不是我第一次喝這玩意兒了，每次都使我腦袋昏沉，眼睛霧濛濛的。

「有蜘蛛精作祟。」陳老師皺著眉頭，彷彿打開了一個舊箱子，說，「而且還是女蜘蛛精。」

「蜘蛛精還有分男女喔？」你還沒說完，便被母親摀住了嘴。母親邊陪笑邊繼續說：「請師傅幫忙。我家阿仁，他可能看了不該看的東西，一時鬼迷心竅——」

「這個我知道。」陳老師打斷母親的話，並把掛在牆上的銅錢劍雙手取下，並向虛空中吼了幾聲：「喂，喂，拿過來。」

師母從旁邊的小門出來，像是抱嬰兒一樣，手中捧著一瓶五十八度金門高粱酒。陳老師吩咐師母脫下我的上衣，喝了幾口酒藏在雙頰中，甚至嚥了幾口進到喉嚨。

記不記得我們常在假日與父親一起看的邵氏功夫電影？那些被主角打敗，被整得慘兮兮的壞人，他們往往都會仰天長嘯，對著主角說惡毒的話，並在生命耗盡時，口中噴出霧狀的血，散滿天空、大地與主角的臉。陳老師就像電影裡的壞人，對著天花板到處噴灑酒霧。水氣慢慢下沉，室內彷彿布滿了晨霧，神桌上閃爍的長明燈漸漸失去光芒，像燈塔用最大限度的力量指引船隻入港，但安全與否全看船長的技術、經驗與運氣。接著，陳老師又喝了一口，對著我的臉狂噴——媽呀，真不曉得裡面混了多少口水，除了酒精味以外，還可以聞到蒜頭、韭菜、菸草、茶渣。這些味道在口水裡乾涸，生產大量細菌，變成名義上的腐臭，有點像剛睡醒的人，一張口便是臭味。

陳老師拿著銅錢劍跳到神桌上，將供品香爐踢得亂七八糟，大喝一聲：「妖孽！你好大的膽子——」接著就在我的背上一陣亂砍。我並未感到疼痛，反而覺得有點癢。陳老師舉劍的動作就跟母親一樣，孱弱中帶著訓斥，高高舉起卻輕輕放下，但我依舊能感覺到，他的力氣連一個中年婦女都比不上。陳老師的鞭笞缺少威嚴、莊重與生命力，只是單純地在皮膚上亂刮亂耙，像是每天放學前的二十分鐘打掃時間，低年級的學生用鐵耙子在大樹旁胡亂收攏落葉，模仿農夫犁田，在草地上劃出一道道歪七扭八的淺溝。

銅錢劍在背上開闢的溝壑不深，剛剛形成的粉紅色線條，馬上就被細胞填滿，回復到原本的膚色。一來一往之間，陳老師的動作越來越吃力，像溺水的人，手臂笨重地舉到頭頂，最後失速墜下。我配合著擊打的節奏，假裝咬牙苦撐，一邊發出綿長的嘶嘶聲，一邊抽換口中咿咿呀呀的狀聲詞。

鬧劇持續了半柱香的時間。最後陳老師大汗淋漓，脹紅著臉，笑著表示，今天狀況不好，明日親自去府上驅魔。

母親雙手合十於額前，對著陳老師與眾神明彎腰道感謝，並塞給師母一個紅包。師母也喜孜孜地拿了三顆茶葉蛋給母親，並叮嚀我們向所有神明依序燒香之後，拿茶葉蛋拜神桌底下的虎爺。我好奇地問師母，為什麼每次都是拿茶葉蛋，不是餅乾或糖果之類的——而且為什麼只叫我們進去桌子底下拜，母親都不用呢？師母解釋說，我們出生後，母親就替我們拜虎爺為乾爹，現在是與乾爹獨處的時候，記得要誠心誠意地祈福，為家人說些好話。

我跟在你的屁股後面，鑽進神桌底下，頭頂不停地撞到桌板。神桌下方黑壓壓的，只留一小盞紅燈照映著虎爺的臉。從塑膠袋流躺出來的茶葉蛋汁液布滿我的手掌，黏答答的，使我感到不自在——全身發癢，卻不知道發癢的來源在哪。在黑暗中，我發現虎爺的臉有數條疤，從左上角的額邊延伸到右嘴角。這些條疤不是傷痕，比較像一個人雙手摀住臉，手指間透漏的縫隙。忽然，一股模糊的光穿透到眼前，並且包圍了我：家八哥在廢墟中鳴唱，海浪無聲地催眠，萬物漸漸失去自己的顏色，黃昏色的太陽越來越巨大，越來越靠近，但卻溫暖無比。

我將這個類似預言的畫面告訴母親——她更緊張了，不停地向陳老師與師母哭訴，請他們一定要救救我。我問你有沒有看到什麼東西，你猛搖頭的樣子真的很滑稽，好像有一隻毒蛾的幼蟲掉落在身上，拚了命想甩掉。

當晚，父親又開始打人了。你帶著我到浴室躲了起來，想用注水聲抵擋外面的聲音，但我依舊能聽見零星的碎裂聲、毆打聲與母親聲嘶力竭的哭聲。

「哥，你第一次看見髒黃昏是在什麼時候啊？」

「我不太記得了，應該是在你還沒出生的時候，」你歪著頭，像是要把塵封的記憶從耳朵傾倒出來，「那時候爸爸脾氣還很好，常常帶著我去海邊玩。」

「那時候陳老師也會幫你驅邪嗎？」

「會。」

「有成功嗎？」

「應該有。在你出生以前，我有被陳老師驅邪一、兩次，」你吞了一下口水，繼續說：「你出生後，就換你了。」

「這麼說來，應該是我體內的妖怪太強，驅不乾淨。」

你沒有說話，將半顆頭浸泡在水裡，嘴巴噗嚕噗嚕地吐泡泡。

我記得你在稍晚的圖誌裡寫了很多東西，連我都無法涉入：「人在爭吵時，最可怕的並不是持續的嘶吼，而是那突如其來的一小段靜默。有許多關係都在這一小段時間裂解，並在你看不見的地方與其他情緒交雜，重組成畸形、扭曲、悖德的怪物。人們只能徒勞地將這些經驗塞進大腦，讓自己不會重蹈覆轍。但未來往往更令人感到失望，依循前人的途徑遠比奮鬥更加輕鬆，我們的身體持續跳著失敗的舞蹈，大腦只提供儲存，而非記取教訓。」

我到現在還會懷念你在空蕩蕩的浴缸裡抱著我的那一小段溫暖時光——明明是不久前的事。這一小段藏匿的時光是快樂的，熱水器的轟隆聲、電燈泡的嗡嗡聲，就算浴缸沒有放水，我依舊能感覺到我們航行在太過明亮的黃光之海，我們像燈泡裡的鎢絲，安靜地發亮。

當我第三次看見髒黃昏時，也是最後一次。

陳老師與師母，帶著一堆工具來到家裡。師母把我安放在床上，並告知母親，沒有陳老師的吩咐千萬別進來，不然邪靈跑出來後會附身到直系血親身上。師母點燃了一小盆火，黑煙將白色的天花板薰得焦黃，我緊盯著這一片骯髒的永恆落日，祈禱儀式趕快結束。陳老師又喂我喝了一碗符水——這次，他還拿出一包黃色三角紙包的粉末，趁著你們不注意偷偷倒了進去。喝完後，我的眼睛變得有點模糊，還勉強看得到東西，但耳朵、鼻子與皮膚卻變成異常敏銳。陳老師拿出一瓶嬰兒潤滑乳液，均勻地塗抹在手掌與指腹——你有預料到他要幹嘛吧？就是這麼回事。有許多感覺從我的後腦勺、背肌、手臂、腰側、腹部、大腿給「拎」起來了，它們受到拉扯、扭絞、轉捏、撕拔，但那預期的液體依舊沒有出來，就連在旁拿著八釐米攝影機的師母也親自過來嘗試，但最後也無疾而終。氣憤的陳老師出了房門，痛罵母親失職，怎麼會讓這麼可怕的妖魔進到身體裡，害他根本無法驅逐。

「唯一的方法，就是找一個小孩幫忙——邪靈都喜歡小孩，先讓另一個小孩把邪靈弄出來並轉移到自己身上，然後我再想辦法把邪靈趕出來。」陳師傅甩了甩痠痛的手腕說。

師母在旁堆起笑臉，拍拍母親的手臂，說：「這個孩子上輩子福祿雙修，但長大後仍要多加小心，肯定會有許多婚外情。我老公算過大頭的命宮，大頭的一生會賺很多很多錢，但他的命宮中有二房、三房，如果不幫他驅魔，以後說不定會有爭執撫養權的問題。」

母親聽了又高興又難過，「賺了很多錢」這句話意味著我長大後可能有機會成為一個有地位的人，那麼有情感上的糾紛是在所難免的。此刻陳老師是唯一的救星，不但能將我拯救於慾望的苦海，且能成就更偉大的事業。在你進來房間之前，我聽見母親對著你好聲好氣地說：「阿建，你是哥哥，一定要聽師父的話，好不好？等等我們晚餐就去吃披薩。」

我盯著天花板，床邊傳來腳步聲。我一聽就知道你的腳步——力量全部集中在小腿肚，讓腳掌沉重、紮實，像在擺放一隻貴重的花瓶，只要一不小心，就會摔個粉碎。

我的胸口越跳越快，心臟彷彿被人掏了出來，放在皮膚上，震顫不已。我發現自己一點聲音都發不出來。這次的符水真的不太一樣，我的橫膈膜不斷湧出熱氣，穿越僵硬的舌根形成兩道暖風。我鼓起勇氣將頭稍微仰起，看見你的臉湊在我的跨下。你也看見了我，把頭別向牆角，看著那充滿壁癌，黑白斑駁的牆角，一陣如同公車引擎發動般的力量開始拉扯。我曾在圖誌裡看到你寫了一段令人費解的描述，始終沒辦法明白。但在那撕扯的瞬間，我忽然能理解了：

「兩種不同氧化程度的皮膚互相接觸，略帶力量的一方拉扯被動方，使泵浦產生了水。我像躺在全是火焰的草地上，周圍的氧氣稀薄，但體內卻有著比燃燒更高溫的情緒正在搏動，連自己都無法分辨這情緒的來源。」

我捏緊我的拳頭，力道足以掐死一隻山雀。我的指關節好痛，指甲嵌進肉裡——忽然，有一道小型閃電擊中曠野上的樹，樹根將電流分散到土壤裡頭，全身酥麻的感覺在身軀內四處竄動。

萬物漸漸安息。師母囑咐你用嘴巴冷卻這過熱的槍管，但你不願意。陳老師按著你的頭，硬是將嘴巴套在我的跨下。在這來回之間，我能感受到牙齒上頭凹凹凸凸的稜角刮著我的皮膚。

但我依舊叫出不聲音來。

在精神飄散之前，我緊盯著四周的景物來讓自己清醒。我數著空氣裡正在擴大的光圈，將窗簾上的菱形圖案重新歸納排列，變成一個更大的方形，然後又拆解回更小的菱形，但最後它們都會變成一張張撲克鬼臉；我將牆壁上的白色看得更白，只要我不眨眼，這白色便會擴散，侵蝕我眼裡的世界。我只能遠遠看著一切漸漸來臨，但什麼都做不了。此刻我只希望，有人可以過來檢查我，檢查我離崩毀有多近了。

我回過神時，你們全都已經離開房間了，只剩我一個人。我的頭好痛，喘不過氣，想去看醫生。我喚了喚母親，沒有人回應。我躺在床上，看著被薰黃的天花板，有幾顆細細的黑點，像老虎的眼睛，正在盯著我。

我從床上起身，第一個念頭便是翻開圖誌，看看你有沒有留言給我。

我一拐一拐地走進進浴室，把門鎖上，栽進浴缸裡。

水溫適中。回想稍早管子被人握在手裡的感覺。我總覺這是一條向外延伸的針，強迫接收過多的閃電。有些人說這是罪，而罪的誕生是因為心中有魔，魔又來自外部不可描述的罪，這兩樣東西就像再生能源一樣循環利用著。

接著，我做了一個夢，夢到家裡淹起大水，浴缸變成一艘發光的船，載著我出了家門。整座城市汪洋一片，浴缸彷彿有生命般，一路破浪來到陳老師的宮廟前。我看見陳老師、師母、父親、母親抓著浮在水面上的神桌，載浮載沉。我試圖想先救出母親，不料陳老師與師母想搶先上船，拉著母親的頭髮扭打，父親為了保護母親，也加入了混戰。

「阿建呢？有誰看到阿建嗎？」我找不到你，焦急著大喊。忽然，一隻老虎像是小雞破殼般，從神桌下方的水面一躍而出，將神桌撞得粉碎，輕輕落在我的身旁。其他人抓著四分五裂的木頭，漸漸飄向四方。

照理來說，我應該感到更加急躁，但老虎的身上發出的金光暖烘烘的，讓我覺得一切都不用如此在意。「我哥呢？」這句話鼓脹在我的雙頰，沒能吐出。但老虎用黑黃色的眼睛看穿了我，牠甩了甩頭，鼻孔噴氣，船身逸散的光芒忽然加劇，變得更加刺眼；船體稍稍浮了起來，我以為它要飛向空中，不料卻是往水裡迅速沉去。我漸漸感受不到氧氣，四周都非常溫暖，使我不再去想那些瑣碎的事，呼吸已經不怎麼重要了。

阿建，真希望那些披薩能替我安慰你。吃披薩是一件美好的事，香氣很美好、沾染在指頭上的油水很美好、一小塊披薩脫離本體後，起司牽起綿長的絲也很美好。你就這麼一塊接著一塊，將充滿熱氣的餅皮塞入嘴中，讓口腔內又熱又脹。我猜想，母親與你走出披薩店時已經是黃昏了，晚霞正在清洗著世界，很快就要天黑了。我躺在浴缸裡，望著水面上的天花板，心裡非常平靜。

現在，屋外的金紙桶正燒得炙熱。紙蓮花、紙鶴、紙錢，彷彿一切由黃紙做成的物品，命運就是被焚燒殆盡，成為一團髒兮兮的灰燼。老媽在嘶吼，但發不出聲音，胸口與喉間傳來陣陣低吟悶響。她不斷捶打父親的胸膛，力氣不大，有點像微風吹打窗戶，軟趴趴的。平常能夠從容面對一切的父親不說話了，一個人默默走到騎樓邊坐下，雙手抱著頭，好像有一位隱形的行刑者站在背後，拿槍指著他，儘管父親沒有犯下任何罪刑。

阿建，你並沒有哭，對吧？我可以看見你躲在浴缸，半身浸在水裡。你的下巴滴著水珠，一滴一滴打在水面，破壞了臉的輪廓，我幾乎快看不見你的表情了。

那些水滴來自於頭頂，垂降於髮絲，一滴一滴地接連在一起，像一道柔軟的簾幕；你為自己創造了出口，只要你願意站起來，將浴室的門鎖轉開，坐在桌前繼續書寫，你終將能走出來。

阿建，這一片海洋再也不會擁有我的倒影，但卻擁有了你全部的重量。我真的很想看看，接下來的幾十年，你會在航海圖誌寫些什麼。現在，我那雙逐漸透明的手臂正在擁抱著你，但我也只能僵硬地擺擺姿勢。我的雙臂正在向上游動，滑落於你的肩膀、鎖骨與臉頰，盪漾在過於明亮的黃色燈光之中。

逗留

今天是離職日。我感覺很輕，無法自拔的那種輕。

我出了捷運站閘，乘著電扶梯，不斷看著自己的腳尖，也看著自己脖子上掛著的識別證。識別證晃啊晃的，看不清楚圖示。當我抵達出口，決定往人潮的反方向走，朝公司反方向走。

最後一天嘛，遲到一下也沒關係，晃悠一下，我就快離開這鬼地方了。

後方有一名男子叫住了我：「不好意思，請問一下——」男子頭髮短而捲，穿格子襯衫，臉有點方正，下巴留了一點鬍子，耳垂豐厚，帶了一副橢圓細框眼鏡。男子用溫柔的眼神看著我：「請問台北市立第一殯儀館往哪裡走？」

我指了指前方，沒有說話。

「你也要去那裡嗎？」男子露出暖陽般的微笑。我搖搖頭。男子太溫柔了，我有點不好意思。

我低著頭，直盯著自己的識別證。識別證早已停止晃動，但還是看不清上頭的圖示。

「謝謝，」男子依舊用溫柔的眼神看著他，「上班別遲到了。」

男子朝著我指的方向，緩緩走進四月的陽光之中。

這一切都跟昨天不一樣。

昨天一早起床，我的汗水不但浸濕了枕頭，雙手也不斷顫抖，口腔裡一片乾燥，充滿苦澀的鐵鏽味——身體很重，一直往下沉，儘管我抓住棉被，但這種感覺隨著清醒，轉變成了上升——有某種東西不停在體內瘋漲，再過一段時間就會滅頂。

窗台上的鐵線蕨逐漸模糊，葉子邊緣延展，又突然併攏；三叢、四叢、五叢——灼熱的陽光讓它們像雜草般蓬勃生長、枯萎、起皺。舊窗簾吸取太多熱能，揮發出甲醛味，味道像一千隻蟲子死在布料縫隙裡面。

這座頂樓加蓋的房間急速增溫，巨大的熱浪將窗外的一切吹得鼓鼓的，像一個金黃色氣球。

這就是我每天上班前的情景。

有時候，我的腳背會多出一個半月型的缺口，像是被某種鳥喙銜走一塊肉。套上襪子時，傷口的組織液與血塊緊緊黏在上頭，透出深紅色的圓點。

每晚入眠，我都會無意識地摸索自己身體的每一處傷疤，使勁地摳，等到結痂後再將它撕下——起初是用手指甲刨自己的手背，到後來甚至會用腳指甲去挖腳背上的傷疤。醫生說這叫「強迫性皮膚剝離」，是工作壓力造成的，很正常，許多人都有，適時讓自己放鬆就好。

我今天是怎麼出門的呢？一切都太輕了，身體、情緒、記憶……這些日子以來，還是第一次這麼放鬆。離職日真爽啊，一切都輕飄飄的，明明昨天還難過得要死。傷口好像都癒合了，我看不見那些瘀青，腳背好像也沒有濕黏刺痛的感覺，嘴巴更是沒有那些鐵鏽苦澀的味道。

好像在某一瞬間，一切都好起來了。

我沿著街道閒晃，看見行道樹下有一個穿素衣的老人，用手指比出一個長方形鏡頭，對準馬路上的車輛和行人：「你站這邊，來，你看——站這邊，站這邊，從這些大企業大老闆的角度看向馬路，你會發現這裡就是一個大窗戶。」我跟著他的手勢，視野被他的景況給吞沒了，像是囚車裡的犯人，或是列車上的乘客，藉由一絲絲陽光，透過別人給予的窗戶觀看世界。

「你看看那些人，你看看這些人——」

隨著老人的手勢結束，窗戶又關上了。穿素衣的老人依舊站在原地，繼續對著空氣交代祕密：「來，你站這邊，你看看那些人——」

我回想起第一天上班時，才辦完入職手續，主管滑動辦公椅來到我的座位旁邊，「呦，伯建，比爾跟柏德，這兩個名字選一個吧。」主管的聲音裡充滿著興奮，有點像小孩子掏出抓來的蟲子給人炫耀。

「叫我阿建就可以了。」

「不行，你要搞清楚我們是什麼公司。」

「可是，」我降低音量說：「鈔票跟鳥，這種很奇怪。」主管聽到這話就生氣，伸手想劈我的頭頂。但手只伸了一半，懸在空中足足一秒鐘，隨後又掉在膝蓋上，手掌在西裝褲上反覆磨擦。

「比爾羅素跟賴瑞柏德。你沒有看NBA嗎？波士頓賽爾提克。」主管用自己磨得生熱的手掌拍動膝蓋，熱氣隨著手臂一路竄升，到達脖子，脹紅了臉龐。眼看就快爆炸了，我趕緊陪笑說：「柏德，就用柏德。跟我的名字比較像。」

主管睜大眼睛看著我，表情彷彿在說，好笑嗎？

「算了，還是叫你『比爾』好了。水牛比爾、比爾蓋茲、比爾柯林頓……這才是一個好的英文名字。記得，發音要正確，不要說成『啤酒』，你要搞清楚我們是什麼公司。」

起初，我還覺得主管的建言還挺有道理的，但隨著內容逐漸重複，主管的話語逐漸結巴，論點矛盾，聲音模模糊糊。這種感覺就像當兵時打公共電話，投下的每一塊錢都在流逝，襯托靜默的雜音永遠比話語豐富。

「以後是雙語時代，再過幾年，中文就沒用了，就連你們國文系——還是中文系？我不在乎，反正大家都要用英語上課，人不能當『快樂跑步機』，不要只會享樂，要跳出舒適圈，每天吸收知識學習。」

「像海綿一樣。」我從喉嚨勉強吐出一句話。不合時宜的話語打斷了節奏，我不由自主地縮起肩膀，將自己的身體弄小。

「比爾，你好像還是沒搞清楚狀況。」主管一手撐著膝蓋，另一隻手激動地揮舞著，手指開張，好像有某種透明的東西等候他攫取。

「語言只是工具，你要學會使用它，不要被它使用。沒有人天生就會語言。你知道嗎？以後是雙語時代，再過幾年……」

隨著辦公室的人們一次又一次地以英文名字呼喚我，許多委屈哽在喉嚨裡，再也無法述說。我打磨著自己的舌頭與唇，從原先的「啤酒」變成了真正的「比爾」。自從進了公司之後，我的身體越縮越縮小，起先是肩膀變硬，脖子內縮，最後是背部肌肉流失。我穿著白襯衫坐在黑色辦公椅上，看起來就像牆上的黴菌一樣。

「比爾，你英文很好嗎？」坐在我對面的同事韋恩說。韋恩高壯，皮膚黝黑，看起來像拉丁裔混血兒。

「還可以。」我揉揉眼睛，看著韋恩幾乎碧綠的瞳孔，顏色有點像東部的海，分不清楚到底是凶猛還是溫柔。

「要不要報名下個月的進修課程？免費的，公司補助。你來公司一段時間了，中午上課可以交朋友。」韋恩拿起桌上的小黃球開始把玩，粗壯的手指朝著球體伸去時，漸漸形成了預設的形狀——彷彿一顆透明的球早已握在韋恩的手中。

「你打過棒球嗎？」我突如其來的發問讓韋恩的手勢變了，韋恩放聲大笑，用手指扣住球體。「我以前打過甲組，第四棒，投手。」隱形的縫線沿著手指邊緣生長，扣住球體的指節啟動了一系列活動，只要本人願意，這顆二縫線直球就可以脫離觸覺，擊中一個人的腦殼。

「怎麼樣？跟我組一個棒球社吧。公司沒什麼運動社團。」

「執行長不是已經組了一個單車社了嗎？」

「誰會想跟托尼一起混啊，」韋恩將球「嘟」的一聲放在桌上，活動隨著聲響解散，球體滾動三分之一圈，最終佇立在桌上。

「他只比我們老一點，但骨子裡還是老闆。跟他一起騎車的都是主管，我們沒這個資格。」韋恩將粗壯的食指靠近唇邊，像在親吻球棒，「噓，別說是我說的。就算沒有棒球社，也可以去業餘社區聯賽，你考慮一下。」

韋恩再度從桌上撿起小黃球，朝著我輕輕拋去。

我將小黃球握在手中，手指包覆著球體，如同太陽落下，進入穹隆狀的黑暗之內，一切對稱，一切均衡。我意識到自己的肌肉在收縮，脈搏跳得飛快，「我覺得，」我稍微放寬喉嚨喊道，「之後應該有機會。」

球體表面的溫熱漸漸與掌心消融，彷彿內核有不對稱的火焰正在熄滅，最終所有運動都將消失殆盡、減弱、終止。

隨著老人離去，我停下腳步，找到一處由磚塊砌成的花壇坐下。

我離職了，解脫了。最好把這一切都忘掉。

試圖回溯這種記憶讓人暈眩，好像不斷掉進黑洞，從白洞出來，又掉進黑洞——落入其中，發現空無一物。

想起與韋恩相處的回憶，還有點想哭呢。

只可惜主管依舊是老樣子，就連離職前一天也不放過我。

「總編與執行長今天下午兩點後才會進辦公室，不知道什麼時候才會開完會。沒辦法給你簽名。」主管無神地盯著螢幕，向我宣布剩餘的刑期。

我看著這位臃腫的老傢伙，腦中的暈眩感越發強烈。

「但我填的離職日期就是今天。我很早就交單子了。」

「記不記得當初面試時你說過的話？」主管敲著鍵盤，在表格中植入一個又一個英文單字，「有什麼單字可以來形容呢？啊，你看——」一隻布滿皺紋的手指伸到螢幕前，我瞇著眼睛，重疊的影像讓人看不清這小小的詞。

主管將畫面放大，一個詞進入了我的大腦，像一塊毫無意義的磚頭。

「你說說看，這是什麼意思。」

「treachery，鬼把戲。」

「你還是沒搞清楚狀況。」主管轉過頭，布滿皺紋的手指像是一根槍管，朝著我的鼻尖開火，「背信忘義，就是你現在做的事。違反承諾，進行了一個背叛的動作。」

我嚥了一口口水，感覺喉嚨有刺，想要把它嘔出來。

主管轉換了集火點，讓辦公室人們的目光逐漸朝這裡投射。

「你當初面試的時候可是很有熱忱的，說你需要這份工作，說你想要穩定，有人生目標。但現在呢？treachery，背信忘義，你就是詐欺犯，莫名其妙提離職，做了一個詐騙的動作。」

我點了點頭，沒有答話。

「你試著站在我們的角度思考——你讓我們以後要怎麼看待年輕人？我們信任你，才會錄取你，以後我們還敢相信你這種人嗎？」

我繼續微笑，沒有答話。

「比爾，你還是搞不清楚狀況，」主管搖晃著腦袋，彷彿一顆成熟的果子，正要從樹上脫離，「以後我還要相信你這種人嗎？我再問你一次——以後要是我無法相信年輕人，要怎麼辦？」

我依舊沒有答話。胸腔很悶，像是一把無絃的木吉他，共鳴箱積累了一層層灰，再也發不出準確的旋律。

「你們年輕人就是這樣，才不會進步。」

今天是離職日，我已經感覺不到那種羞辱了。

我從花壇起身，穿過小路，經過殯儀館，準備回到公司交接，跑離職流程。

一支送葬隊從人行道的盡頭走來，領頭的人們沒有聲響，只是捧著一張人像模糊的照片。後頭的人們扛棺，沒有人嘆息，沒有人吹奏，沒有人撐傘。稍早那位溫柔眼神的男子說要去殯儀館，是要參加這場出殯嗎？周遭一點聲響都沒有。一隻家八哥停在人行道上，不久後又飛離。此刻臨近中午，不論是人、樹木、鳥兒，陰影都在逐漸消失。

這一瞬間，我想起已逝的弟弟。以前我曾跟他約定，要當一位動物學者，但如今，我只是一名即將離職的英語公司職員。在商業區的公園裡，只看得到麻雀和家八哥，或是赤腹松鼠。牠們咻一聲從我腳邊的草叢中竄出，或是從我身旁掠過，躲進另一側的草叢。

這就好像以前的礦工，會用金絲雀當作警覺的指標，金絲雀的活動狀況能用來反映礦坑內毒氣的濃度。

赤腹松鼠都開始會搶三明治了，是不是也反映出商業區有害的氛圍濃度？

弟弟出殯那一天，太陽很大，前往靈骨塔的汽車拋錨了。我代替父親抱起罈子，像一個學會走路的孩子，穿著鬆垮的素衣，在山路上搖晃。熱氣像一條條延伸的手臂，環繞在我們四周。蟬音一陣接著一陣，彷彿整座山都是罈子簍空的迴響。汗水滲進雙眼，我騰不出手，只能將臉龐埋進袖子，讓布料盡可能地吸取液體。在織物的縫隙中，我感覺那罈子像呼吸一樣規律起伏，持續了很長時間。我抬頭，重新調整臂膀，罈子越來越重。它好像在膨脹。

此時，已經正午，陰影消逝，消逝至完滿。

送葬隊到哪去了呢？他們連同影子，一瞬間失蹤了。

隨著送葬隊的離去，街道上的上班族們紛紛冒出，樹的陰影也長回來了。汽車喇叭聲四起，我又聽見鳥兒的聲響。

就快到公司門口了。

我看見防火巷裡，韋恩與阿嘉莎在幽會。他們總是這樣。

昨天中午，同一條巷子，韋恩為阿嘉莎點燃打火機。火焰暴衝，差點燒到阿嘉莎的瀏海。她接過韋恩的打火機，幫韋恩調整打火機的瓦斯。火焰挺直，扒著菸頭左右搖擺，燒得嗤嗤作響。

韋恩看見了我，有點羞怯，但依舊熱情地打招呼。

「嗨，比爾，你又一個人了。」韋恩朝著我招手，「她是阿嘉莎，HR那邊的人。」

「好久不見。」我沒有菸，只能將雙手插進口袋。

「你們見過？」

「比爾的入職訓練是我帶的，只有他念對我的名字。」

「我也有念對啊，但我覺得——」韋恩捲起舌頭，嘴唇送出空氣，舌尖輕輕貼在牙齒，然後綻放，「Ursula 比較好聽。小美人魚的那個角色，女魔頭。」

「阿嘉莎，」我繼續補充，「阿嘉莎．克莉絲蒂。」

「看吧，比爾明白，他又念對了。」阿嘉莎用食指輕輕戳著韋恩的胸膛。

「妳笑屁啊。」

「沒什麼。我笑了嗎？」

「我也要跟比爾也要解釋名字的由來嗎？」

「我比較希望你們多談點未來。」

「可是，」我說，「這裡一點未來的沒有。」

「但至少薪水還可以。」韋恩說。他為自己掏一根菸，阿嘉莎的拇指撐著打火石，使火焰安穩地長大。

「也只是用底薪強加上去而已，想想我們的年終。」阿嘉莎將打火機收到褲子口袋裡。一個金屬製的打火機。上頭刻了一小段英文，大概是名言佳句什麼的。

「你們業務部不是有績效獎金的嗎？」

「績效上頭說的算。如果每個月都要達標，那還真是一點空閒也沒有。」

「那麼，組棒球隊的事呢？」

韋恩從肺部發力，搗著胸口放聲大笑：「哈，棒球，我老早就不打了。自從我進公司，領了第一筆年終後，我就再也沒碰過手套和球棒了。你們知道嗎？我同期的隊友全都不打了，就連看職棒的動力也都沒有。有些人結婚，生小孩，買了房子……」

韋恩暫時把話打住，搗胸口的手彷彿戴上了手套，因重量鬆垂了下來。沒過多久，韋恩深吸一口菸，露出老狗般的眼神，「趁年輕時，趕快做自己喜歡的事吧。」

他邊說邊吐煙，轉眼間又換成平常的表情問道：「你離職，是有想做的事嗎？」

白霧之中，我再次看見，韋恩幾乎碧綠色的瞳孔之中，躲藏著一個無助的小孩，或是一尊覆蓋著青苔，被光陰放棄的小石像。

「個人生涯規畫。」

「老招數了，」阿嘉莎說，「拜託，能說說原因嗎？」

「我覺得自己不適合這份工作。」

阿嘉莎聳聳肩，與韋恩交換一個無奈的微笑。

「我也想過離職，但我結婚了，不能繼續做夢。」阿嘉莎突然抓起韋恩的手，韋恩起先想掙扎，但又隨即放棄。韋恩的手指關節處全都布滿著老繭。

「你也有做夢過的痕跡嘛。」

「不要在別人面前這樣。」

「有什麼關係，反正比爾明天就要走了。」阿嘉莎放下韋恩的手，伸出自己的左手，一枚婚戒鑲著零點五克拉的鑽石，在太陽下閃閃發亮。

「當年我老公為我戴上這枚戒指時，我還哭得唏哩嘩啦呢。但過了一段時間我才意識到，它待的位置正好是寫字長繭的無名指上。」

阿嘉莎眨著眼睛，表情像是在說，很好笑吧？

「我高中時還不流行電腦，只用鋼筆寫小說。」阿嘉莎的左手捏起兩根指頭，在空氣中揮舞，彷彿有一片薄薄的鐵片夾在指尖，「但大學畢業後就不寫了。當我又想開始拿起筆時，發現自己正在給新人上入職教育。」

阿嘉莎又摸了摸無名指上的繭與戒指，「最後肯定是要放棄的，寫東西也需要成本，讀更多書，思考更多事，還有時間……」

「時間是一個偉大的作者，它會給每個人寫出完美的結局。」我說。

「哇，不錯嘛，是誰說的？」

「是富蘭克林嗎？」阿嘉莎說。

「卓別林。」

「沒想到是一個喜劇演員說的。我得記下來。」

「但我的離職單被扣住了，我怕明天跑不掉。」

「別擔心，」阿嘉莎說，「如果你填寫的日期就是明天，沒有人能夠改上頭的數字。好好享受最後的辦公室生涯。」

「搞不好比爾會去創業，也搞一個公司什麼的。」

「那可真是無止境的悲劇，」阿嘉莎說，「托尼就是在比爾這個年紀創業的，這間公司是他的大玩具，我們是小玩具。」

阿嘉莎與韋恩相視而笑，聲音大得像閃電，手掌在空氣中揮舞，原始的火焰開始燃燒，好像他們的故事才正要開始，便又結束了。我彷彿在熱氣之中，看見他們手中的物體顯露形貌，卻又漸漸消失：一副手套，一枝鋼筆。

此刻的巷子裡，韋恩與阿嘉莎依然在抽菸，肢體接觸，放聲大笑。

就算我不參與，他們故事依舊繼續。但故事會有消失的一天嗎？這些人的夢想與未來是什麼時候消失的？如果人們在火焰前述說的故事被澆熄了，火焰也無法繁殖，故事也無法延續。學習語言是為了讓故事傳下去嗎？如果語言只是工具，也難怪全世界的人都在使用英語。我曾想搞清楚這一切，但內心的疑惑巨大如一座冰山，無法形容全貌，因為我對任何句子都抱有期望，但任何一個單字都無法鉤住彼此，更何況是形成一道繩索，在冰山上攀爬。

玻璃大門敞開著。我走進公司，跟警衛打招呼。警衛低著頭，沒有理會。

我順著人群走進電梯，電梯裡擠滿了人。我對著按鈕前的人說：「六樓，謝謝。」但按鈕前的人也沒有理會，按下四樓。

「不好意思，六樓。」我再一次喊聲，音量稍微提高。

電梯緩慢爬升，一點動靜也沒有。我縮起肩膀，將手臂穿過人縫，按下樓層按鈕，但沒有反應，按鈕摁不下去，金屬周圍也沒有亮起燈光。

四樓到了，人群湧出，電梯無限地對外開放。過了一會兒，電梯終於合攏，但它既不上升，也不下降，停在黑暗的電梯井中，久久沒有動靜。

全部的按鈕都沒有用，沒有一顆按鈕對我發出光亮，沒有一顆按鈕願意被我觸及。這是報應嗎？現在是怎樣？這是老天爺針對我，在昨天下班之前，對主管出言不遜的小小報應嗎？

「喂，比爾，會議室有來面試的新人，你去會會他，幫我擋擋時間。十分鐘就好。我可以幫你跑完剩下的手續。」主管將一份履歷扔在我的桌子上，在檯燈下，光線淹沒了紙上的照片跟文字。

「我可以相信你吧？」主管拍著我的肩膀說。我一時之間不知該怎麼回答，我該說什麼呢？要問面試者什麼問題？

我腳上的傷口開始陣痛，一種虛空的無力感開始往上爬。

當這些無力感抵達腦部時，我全身起雞皮疙瘩，好像有數千根絲線拉著皮膚，操控著軀體，使我從椅子上竄起來，拖著癱軟的腳一路往會議室前去。

打開會議室的玻璃門，一隻嬌嫩的手擺在眼前。

過好一會兒我才反應過來，對方這是要握手的意思。

「您好，我叫陳以諾。可以叫我吉諾（Gino）。」

吉諾臉上沒有一點鬍渣，眼袋很淺，瞳孔泛光，皮膚細緻，笑起來一點皺紋也沒有。

「你好，我是比爾。」

吉諾像是完成了一筆交易，使勁地握住我的手。

我差點叫出聲來，吉諾的手掌太有力了，彷彿可以捏破手掌裡的微血管。好在我叫出聲之前吉諾就鬆開了手，自己主動坐下來，侃侃而談：「我很喜歡貴公司的理念。以後是雙語時代，再過幾年什麼東西都需要英語，貴公司與我的理念剛好契合，我認為……」

「說說你的優點。」我還沒等吉諾說完便打斷了吉諾。

吉諾露出了原本的樣子，勉強吐出幾個字。

「我擅長文字。」

「什麼樣的文字？」

「中文跟英文，我多益離『黃金證書』只差五分，我也不會放棄能夠進修的機會，我大學還會修了一點西語，會努力去——」

「我指的不是語種，」我模仿起主管的口氣，「你好像沒搞清楚狀況。如果你得到這份工作，你會如何運用文字？」

「對我來說，語言是一種溝通工具，把自己想要傳達的訊息告訴讀者。我的優點是文字，缺點也是文字。我太注重句子流不流暢，花很多時間校對。我很喜歡文字，我拜讀過貴公司的雜誌與網站，我認為……」

我聽到「語言」與「工具」兩個詞時皺了一下眉頭，在慷慨激昂的演講結束之前，我翻閱作品集，邊翻邊嘆氣。

「除了文字之外的呢？」等到吉諾的演講到了一個頓點時，我打斷吉諾說，「我指的是優點。」

吉諾咬著牙，搔著頸子，好像答案被埋在喉嚨裡。看來語言或文字並不是他擅長的工具。我轉頭看著牆上的時鐘，再過一下子就是下午五點了。我曾經也坐在吉諾坐的位置，緊張時就會偷瞄時鐘。我的腦海浮現出主管當初笑盈盈的臉孔，上揚的嘴角擠出了酒窩，就像一個死人坑。

離開死人坑的方法，就是拉一個人進來，踩著他上去。

「責任心和正義感。」吉諾恍然間放大了音量，想起了預設好的答案：要躲避面試官的刁難，就要藏拙，講些不相干的事，「剛剛來的路上，」吉諾低聲說，「有一個瘋子在騷擾路人，我把他趕跑了。」

「還不錯，」我微笑，但馬上板起臉，「但這跟工作有什麼關係？」

吉諾咂了咂舌頭，這聲響有點像打火石的敲擊聲，但沒有那麼清脆。我的心臟又開始砰砰起跳，始終無法安穩。

「我覺得不錯，很好啊。」我把作品集與履歷闔上，推到吉諾面前。履歷上頭貼著吉諾的照片，滿臉微笑。

「很好啊，很好。差不多就這樣，你在這邊稍坐一下，等等主管會來跟你聊聊。」

「你不是主管嗎？」

我看著吉諾，嘆了一口氣，用手指捲起連接識別證的繩索，捲成螺旋狀，將自己的脖子越勒越緊，彷彿不這麼做，自己就會吐出心裡話。

「不是。等一下還有一個專案主管會來，有什麼問題就問，有什麼想法就提出。我們是全台灣首屈一指的英語公司，老闆叫托尼，很年輕，剛從國外回來，很有想法，很適合年輕人。」

我說完，將手指放開，識別證藉由繩索的動能旋轉了起來，在胸膛前形成一個小型風暴。

我按捺著細說從頭的衝動——有些故事，就算說了對方也未必能理解。例如人資部的阿嘉莎，依舊使用著那隻鋼筆，但僅僅用於簽名，尤其是簽離職單的署名。她不再寫作、不再閱讀、不再快樂。又或者，韋恩曾經有機會展開不同的人生，只是傷病毀了一切。他始終無法忘記，那一次次在夏季豔陽下的河堤球場，離開的隊友留下的夢想與期待——如果他不回到現實，他將會一個人承接所有人的遺憾。

「你的學歷還不錯。你對自己的前途，沒有其他想法嗎？為什麼選擇我們公司？有面試其他公司嗎？」我心裡暗自發笑——什麼叫想法？創業嗎？還是把得來不易的工作辭掉，活生生地棄守正常人的日子？我希望吉諾能頂嘴，或是露出驕傲的神情，說點臭屁的話。

「我認為貴公司的理念與我的能力相近，我能善用我的文字……」吉諾吞了一口口水，喉結上下游動，真實的語言從身體深處被送了上來，一口氣傾吐在這小小的會議室之中，「我喜歡看書。但周遭的朋友告訴我，想看書就更不能當編輯，更不能做太多涉及文字的工作。」

「你喜歡讀什麼呢？」
「文學，但我不是很專業。」
「那，你有嘗試去寫嗎？或是翻譯？」
「沒有。」
「你喜歡哪個作家？哪本書？」
吉諾垂下了頭。這可能是一個人的心靈真正失守的感覺吧。
「好吧，就先這樣。等等應該會聊聊薪資待遇跟環境，你坐一下。」我起身，發現吉諾正偷瞄著我脖子上，那一塊剛剛停止旋轉，正在晃蕩的識別證。上頭有照片、編號、公司名稱，它們全都失去了形狀，混跡在一起。
過了一會兒，主管直闖進來，大聲鼓掌。
「恭喜你，吉諾！比爾可是我從大出版社找過來的喔！他會好好帶你的。」在會議室裡，主管拍著我的肩，像是在炫耀戰利品，對著吉諾大聲說話，「你的學經歷都很不錯，明天就來上班吧。」
「不好意思，我可以回去想想嗎？」吉諾看了我一眼，「因為我還在找房子，可能要稍晚才能回覆貴公司的聘僱。」

吉諾離開之後，主管將我帶到茶水間。

一天將盡，金色的光芒漸漸充斥在我們周圍。

「你這傢伙很會嘛，可以當主管了。」

我沒有說話，看著主管點起香菸，吸納之間眉頭深鎖，胸腔像一隻貪婪的野獸，想把一切元素吸入腹中。當主管吐氣時又像啞火的步槍，煙硝出來了，但語言的子彈卻卡在裡頭，再過一會兒就會迸發。

「你跟新人講了些什麼？」

「沒有。」我說，「而且他又不一定會來。」

「你好像沒搞清楚狀況，」主管脖子脹紅，彷彿胸腔快要岔開火焰，「人沒進來，你也別想閃。就算進來了，你也要交接完才能走。你以為人資最大？我還是可以不管你的離職單。你也不用拿勞基法來嚇唬我，你這叫背信忘義。除了這份工作，你還能做什麼？當大作家？我跟你說，書這種東西，只有作者發瘋或死掉才會大賣，你以為你是誰啊？你很屌是不是？你們覺得自己很屌是不是？寫東西很屌是不是？媽的作家病，自以為是——」

主管起身走到了洗手槽前，拿了一個馬克杯，作勢往我後頭的牆壁砸，手抬得高高的，停頓了片刻，放了下來。馬克杯「咚」的一聲靜止在流理台上。

「明年執行長想將公司轉型，我們部門會多一個案子，但人員不變，」主管將手指沾濕，捋了捋稀疏的頭髮，讓自己暫時鎮定下來說：「你現在走了，根本存心要害死我們。」

金色的光芒像流水一樣湧動著，在陰影之下，我瞇起雙眼，感覺自己就像一根燒斷成兩截的鎢絲，整間茶水室——整座城市，都像是一顆巨型且老舊的白熾燈，繼續維持著炙熱灼人，卻又只能勉強照明的亮度。

聽說，老燈泡如果能在良好的燈具下發亮，至少可以維持一百年。

但資本家為燈泡設計了不到一千小時的壽命，且沒有人願意提供良好的燈具給它們——燈泡最終的命運就是用最快的速度死去，一切只為方便，廉價，隨時可以替換。

主管離去的背影，也臃腫得像一顆球形燈泡。那副大而無當的軀體，究竟還剩下多少時間？那麼自己呢？如果不脫離這座燈具，無論多麼新穎，無論玻璃管中燈絲的壽命被延長了幾倍，自己遲早會燃燒殆盡。

終於啊，電梯門終於打開了。但進來的人卻往一樓走。反正阿嘉莎昨天說會幫我跑流程，我還是走得掉吧？乾脆回家算了，沒什麼值得留念的。

電梯抵達一樓，進來的是吉諾。他今天來報到了嗎？

我跟吉諾點點頭，但吉諾並沒有回應，眼神呆滯無神，鬍渣沒刮乾淨。他脖子上的識別證，是昨天我在履歷表上看到的微笑臉龐。我再看看自己的識別證，依舊是混跡一團，什麼也看不見。

他一手拿著咖啡，另一隻手按了六樓的電梯鈕。我趁著電梯關門前趕緊鑽出，踉蹌跌在地上。

一點感覺也沒有。尤其是腳背，傷口一點都不疼。

我試著用識別證刷大門門禁，但黑色機盒上的紅燈依舊靜止，發出駭人的光亮。過了一陣子，有人刷出門禁，我才得以走出公司。

我想把識別證從脖子上褪去，但掛繩勒住了脖子。有一瞬間我持續往天空施力，想將自己吊死在金黃色的空氣裡，當一根永恆的鎢絲。一點感覺也沒有。沒有窒息、沒有歡愉、沒有情緒。

恍惚之際，我瞄見一名男子在對街，穿過斑馬線，正朝著我走來。男子四處張望，好像在尋找什麼。

「不好意思，請問——」男子叫住了我，「啊，是你啊。」

是早上那名身穿格子襯衫的男子。男子依然擁有溫柔的眼神。

我放下識別證，將它塞進胸前的口袋，讓繩子留在脖子上。

瞬間，我突然很想要善良，善良一如晚霞能包容白晝與夜晚的那種善良。「大哥也要搭捷運回家嗎？我帶你去。」我說，「你要到哪？」

「淡水。」

「你跑這麼遠不累嗎？」我繼續問，「你住捷運站附近嗎？」

「我住得很遠。在三芝的山上，龍巖附近。」

男子微笑了一下，眼神依然溫柔，但表情像太陽一樣慢慢褪色。我們肩並著肩，走向捷運站，儘管沒有說話，但我相信，這個人肯定是個好人、老前輩、過來人。

我跟著他走向捷運站，一直走一直走，路好像沒有盡頭一樣。

我瞥向四周，發現一切開始變得澄黃，建築物像金子般耀眼。人群拉長自己的影子，影子也將人群一同弄黑，他們像是金子黑色的邊緣，構築了金子的形狀。但他們不是金子，不會反射出光芒。他們只是形式，只是呈現虛構的金子的形式。到處都是影子。

「很像送葬隊吧？大家都拖著自己的棺材，」男子看著人們的影子說，「或著說，我們才是棺材，有其他東西拖著我們；存在、理想、夢啊……什麼的。」

「大哥今天還順利嗎？」

「很順利，很順利，」男子說，「每天都很順利，只是日子過久了，會忘記路怎麼走，忘記自己是誰。」

「說得也是，社畜就是這樣。」

我笑得很大聲，而男子不時抬頭看著天空，彷彿不多看幾眼，這金黃的景色隨時會消失。

我們下了樓梯，進到捷運站內。我從胸口口袋中掏出識別證，用裡頭的另一張卡片刷進站台。電子閘口沒有感應到卡片，但我依舊順著人群走到電扶梯前。

當識別證順勢墜落，在橫膈膜的位置彈跳晃蕩，這分微不足道的重量像孩子似的，扯了扯我的脖子，提醒我，男子並沒有跟在後頭。

我轉頭，發現男子佇立在票閘口，無數人群掠過他，無視他，穿過他。

男子依舊是溫暖的微笑，用憂鬱蒼白的眼神看著我。

「明天見。」

電扶梯將我向下搬運，男子漸漸消失在視野之中。

儘管我想用脖子所有的力量，將頭顱緊緊繃著，與男子相視，但脖子彷彿不是自己的，一點力氣也沒有，自己的視覺漸漸渙散，眼神被塞進其它景色之中——我與那位老瘋子一樣，也擁有一扇窗戶，但窗戶就是窗戶，視線要朝向哪裡，不是我能決定的事。

月台上到處都是人，所有人掠過我、無視我、穿過我。

捷運笛聲點狀般響起，列車再度從黑暗中安靜無聲地脫逃，人群擠了上去，只剩我在月台上逗留。過沒多久，列車又再度回到黑暗裡頭。

你可能會比死更慘

一架客機在平流層飛行。阿梁平視著飛機移動，意識到自己又回到了「無限」。靈魂，也只能稱之為靈魂了。自己的靈魂在成為蛾身、蟑螂身、蚊蚋身之前，幾乎透明的形體一直停留於空中；說的準確一點，是持續上升，但卻感受不到速度——永恆無盡的上升。

偶爾阿梁也會遇到其他近乎透明的形體。這一次，阿梁又遇到一個形體，他也正準備消逝，不知道又要前往何方。阿梁用無形的頭向對方頂禮，形體延展出一根如同蕨類般的芽，並往下低垂，他就當作對方已經點頭示意了。

一震猶如老式收音機調頻的雜音進入無形的腦子裡。雜音統整成簡單的線條，在他無形的耳中窸窣，像是語音信箱冰冷冷的留言：請稍候……

已經好久沒有成為蛾身了。這一次，阿梁能感受到啃食卵殼的過程——背上如同屋脊的膜質翅膀，以及十六節布滿毛的觸角。

這一切他都早已習慣。

斑蛾們的軀體逐漸前往一個朦朧不穩的柱狀之光。原以為那保有弧度，充滿光的玻璃有著接續生命的契機，豈料，下一秒，同伴就像一張小小破碎的報紙「啪」

一聲貼在玻璃上，紫光燈的電網將同伴的身軀燃燒殆盡。

三合院大門口，陳盡妹翹著二郎腿，腳拇指勾著一隻粉色發光的拖鞋，每當屋簷下的誘蛾燈又殺死一隻飛蛾，嘴巴便會碎念：「哎呀，阿彌陀佛，哎呀——」

大女兒品青剛剛在隔棟私廳的浴室洗完澡，頭上包著毛巾，正想穿越內埕去廚房找東西吃。品青的身形細瘦，在黑夜中像一株移動的防風林植物，晚風掠過她，敲動了幾下客房的窗子，又立即逃逸。

「搞不好是二哥又從畜生道回來了。」老三漢克隔著房間內的窗戶，向屋外的老媽媽喊道。阿梁繼續對著光柱繞圈子，他瞥見漢克的木質書桌上擺放著摺好的白襯衫、員工證、皺巴巴的皮夾。這書桌可真舊。看來是漢克小時候的書桌，阿梁心想。

品青翻了一個白眼，對著窗花玻璃裡頭的漢克說：「天哪，你的工作就是靠這張爛嘴得來的嗎？」

「我的工作才不用說話。」

「哪有工作是不需要說話的。」

「要看是哪種，這不好說。妳不是做行政嗎？行政就不需要說話。」

「拜託，做行政要說的話可多了。」

品青走進廚房之前，一個小女孩從客房跑了出來。

「姑姑，什麼是畜生道？」小女孩睜著大眼睛問品青。品青微微苦笑，摸了摸她的頭，「去問妳阿婆。」

「阿婆，什麼是畜生道？」

「死小孩，就是人死掉之後，投了胎，暫時不能當人啦。」陳盡妹將小女孩摟進懷裡，用乾癟的唇親吻她的秀髮。

老太婆的哀苦聲、小女孩的提問聲、小兒子的諷刺聲，像三種不同的原始天籟，吸引阿梁進入他們的世界。

「不對耶，媽，妳想，」漢克這時已經換了一件吊嘎背心與短褲，搬了一張小竹椅坐到母親旁邊，擠出一張近乎鬼臉的表情：「妳以前不是常說二哥會回來看我們嗎？二哥可能真的回來過。」

陳盡妹瞪了他一眼，目光直盯他擠出雙下巴的笑容。有一瞬間，阿梁似乎能感覺到，陳盡妹只是身體在憤怒——畢竟是自己的骨肉吧，就算是壞骨肉，也應該被嚴肅對待。但她的靈魂被逗樂了，漢克沒說出什麼好話，表情卻像一個十二歲的男孩子，展現令人生厭，卻燦爛無比的笑容。

「死小孩，你剛才講什麼？」

「最近蟲子不是變多了嗎？」漢克用拇指往腦杓的位置戳了戳，指向阿梁與成群飛蛾的位置，「那群死掉的蚊子、蛾或蟑螂，其中一隻可能就是二哥。」

「我才不信這個。」品青肩上披著毛巾，從廚房走出來，垂放的長髮在黑夜中閃閃發亮。她掄來一張塑膠凳，另一隻手拿著鋁罐啤酒，邁開大腿坐在陳盡妹旁邊。

「姐，妳坐姿有夠難看，改一下吧。」

「如果你不這麼愛說教的話，」品青用指腹摳金屬環，「你老婆也不會跟著你的下屬跑了。」氣體隨著噗哧聲衝進了黑夜，泡沫在湧出的瞬間也迅速流淌在金屬表面，她的嘴唇像吸塵器一樣掃蕩著金屬表面殘餘的泡沫。

漢克正要開口，但隨即又閉上，然後微微張開嘴巴，想說點什麼，卻又把話語嚥了回去，如同一隻不斷張嘴的鯉魚，就連搞不清楚狀況的小女孩也不禁笑出了聲。阿梁發現，在小女孩的 T 恤之下，離心臟最近的地方，墜鍊鑲著一顆紅色玻璃球，隨著身軀搖晃，如同大海中載浮載沉的浮標。玻璃球滲出一束昏暗之光。

儘管陳盡妹依舊臉色凝重，但阿梁深知，大女兒也逗樂了母親的靈魂。阿梁不曉得這個家族剩多少人，他想繼續用靈魂看下去——用自己的靈魂去觀看他們的靈魂。

說不定這個念頭能改變蚊蟲的趨光性。成為蛾身的阿梁擁有夜視力，光線進入到複眼陣列，成為一道道光的柵欄。

「所以爸比又投胎，繼續死掉，是為了回來看阿婆？」被摟在懷裡的小女孩搔著陳盡妹的頸子，「爸比一定也很愛阿婆。」陳盡妹終於展現了笑容，在微弱溫暖的燈光下，沒有任何人類能夠看清楚她的淚光，皺褶乾涸如同枯水期河床的眼尾似乎快有了新的水脈。

阿梁看膩了。可憐的一家人，每次都在互相傷害。活著也沒比較好。

趨光性成全了他。誘蛾燈的聲響像一連串掌聲，再次歡送阿梁進入「無限」。

「阿彌陀佛，阿彌陀佛——」

蛾。或著說，無盡的蛾身。阿梁在無窮的普照之下，翅膀好像要融化了。一圈又一圈餘痕，蛾翅留下的金色斑跡，火逮住了牠們，也逮住了阿梁——首先燃燒的是腹部，薄翅像是火絨，引燃棕色甬道的一瞬間，六條腿踢了幾下，發生來自內部，嘶嘶的剝裂聲。就快消失殆盡了。口器傳出了不屬於蛾能發出的音節——角質殼像是瀝青之中閃亮的溶渣，金色長條的空殼掉了下來，陳盡妹將它們掃了起來。

阿梁隱隱約約記得語言，卻不曾憶起人類的記憶。

想事情的時候，阿梁的大腦雖然有模擬的聲音，但其內容並不以文字、符號或是圖騰來構築，反而是以一種類似線條，像飛蚊症一樣的游離細胞，其發音、型態與排列都差不多。

記憶成為阿梁在「無限」中痛苦的來源。

他不但能想起器官接收到的化學味道，甚至是成為蛾身、蟑螂身、蚊身之後，用靈魂感覺事物的所有記憶。

例如一開始，也就是阿梁正式失去「阿梁」的身分時，他便立即忘記人類母親的臉，但至此之後，他再也無法忘記任何事情。某方面來說，他的母親有數百數千個，蟑螂也可以概括成母親的範疇，他記得所有蟑螂、螞蟻或是蚊子型態的母親，但這些非人類的母親不一定能記得阿粱——至少它們從未表現出「記得」的意思。重返「無限」時阿粱都會思索：也許越單純，越沒有複雜形體的生物，例如單細胞生物，才擁有全知的視角。

但每一次回歸現世，他幾乎都能回到這棟老宅，回到這戶人家。最開始的那一次，阿粱還記得，他能看見地面上數千萬枝莖桿泛著的金光，整座島嶼就好像被什麼人拋擲在這世界上，山脈像某種穗狀物的邊緣，海浪如同呼吸一般漸次退卻。

只要稍稍將如蕨類般的芽伸向老宅的方向，他就能抵達。

那一次，他變成了皇蛾幼蟲，啃食茄苳葉，發出喀嗤聲。隨著天氣越冷，他開始化蛹。在某日夜晚，他羽化，排出蛹便的液體，讓翅膀晾乾，然後飛往老宅二樓，進入窗口，貼在牆上。

品青擰開房間門把，月光像流水一樣直達腳踝。她的腳踝冰涼，抖了兩下，感覺周圍有什麼。

房間中央的淺色木質地板上，有一大塊人形印子，像一片乾枯的深棕色湖泊，或一整塊龜裂出色塊的貧乏土壤。印子的周圍散落著撕毀的百科全書與整套世界名著——無數張紙的碎片，圍繞著，像土星的光環——據說，那是月球的殘骸，因為月球太靠近土星，被潮汐摧毀，引力讓屑碎聚攏成光環，永遠纏繞著土星。

在這個老宅裡，誰是月亮，誰又是土星呢？阿梁心想。

品青將書房內的所有書籍清空，搬往樓下。阿梁跟隨其後。

「這麼多沒賣出去啊……」陳盡妹待在二樓樓梯間，想用接力方式，將精裝書搬到一樓。白熾燈之下的樓梯間敞亮，普照每一個角落。廊道的牆上有一面鏡子，鏡子裡頭是她自己。臉龐斑駁如大地，雙眼深邃如黑洞，灰白的頭髮燙至極捲，短得讓人分不出性別。

「媽，妳別上樓啦。」品青說，「大哥也就算了，連阿弟都不回來，一拖就是半年多……」

夜晚的弧形漸漸沉入大地之後，她們在曬穀場周遭圍起一條紅線。三合院中央有一座持續燃燒的火爐。每當陳盡妹和品青拿起一本精裝書，往火堆裡送之前，身旁的阿梁都會重新看一次書名與作者的名字。這些書籍就好像一塊塊磚瓦，組成一座陌生公寓，獨立建築在塵封的書房之中。

那些書過於厚重，紙頁潮濕，幾乎燃燒不起來。她們徒手將書撕碎，皺著眉頭，躲著竄動的外焰，一張一張扔進火中。

「那時候可真是噩夢，」品青說，「每次二哥回家，如果手上依舊拎著那一大箱百科全書，我跟阿弟就會遭殃。」

「東西賣不出去就是這個樣子。不能說這是他的錯。」

「為什麼不能？難道要怪大哥跑船不回家啊。他堅持在這種鄉下地方做推銷，怎麼能賣得出去？妳每次提到這事，他就會回嘴：『美國銷售員也是親自去黑人貧民窟，業績會比在城市裡好兩倍。』」

品青又將一頁紙撕下來，扔進火堆，「媽，你別告訴我，二哥一點錯也沒有。」

「兄弟姊妹吵架難免嘛。」

「他才不是我哥哥，」品青拿起一本書開始撕紙，「他不幹銷售之後，不是再也沒有出門了嗎？一直把自己關在房間裡。有一次，我半夜起床，看到他在廚房冰箱找東西吃，他一看到我就邊罵邊跑走。那時候我就覺得，他不是我哥哥了——他只是披著二哥人皮的怪物。」

這時，火舌竄漲，發出嗶剝聲，兩個女人下意識用手遮擋臉部，身體往後傾靠。她們都放下手上的紙頁，靜靜等待火焰緩熄。

「我現在有一種——該怎麼說——鬆了一口氣？」

「都那麼久了，妳不要往心裡去……」

「我真的很怕他。」

品青說話的時候，陳盡妹幾乎繃著一張臉，看著火焰中持續焚燒的殘骸。

「昨天晚上，我夢見梁哲回家了，」陳盡妹雙手顫抖，兩個拳頭互相把彼此捏成一個球體，「他就站在大門口，穿了一件大衣。可是陽光好亮，我看不清楚……」

「那應該是二哥讀大學的時候，他很喜歡那件大衣。」

「梁哲……梁哲說他也夢見我了，順路過來看看，還說下次就會回來。回來帶我去玩。我追出去，問是什麼時候？他說，到時候，到時候就回來。」

她的手越握越緊，像兩個鑲嵌的卡榫。

「到時候回來？」

「對呀。」陳盡妹說，「到時候回來。」

「二哥有笑嗎？我是指——像之前那樣，像他還在念書那樣。」

「不知道。陽光很亮，什麼都看不清楚。」

「可能從二哥那裡看過來，我們這裡也什麼都看不到。」

陳盡妹起身，再度回到二樓房間，繼續在黑暗裡頭沉思。書房已經清空，阿梁跟隨其後，趴在牆上。陳盡妹看見了這隻皇蛾，但就只是看著。

接下來的日子裡，每當月光脹滿屋子，陳盡妹便會獨自一人待在二樓房間裡，好像期待著夜晚能夠誕生些什麼，那怕多一點暗示也好。

陳盡妹幾乎沒再回到二樓，可能是膝蓋老化，也可能是其他原因，她再也沒有進到房間。

「我不是故意的，我急著把東西放廚房，就——」

「那是我死後要繼續穿的，你不用這麼急。拖鞋到處都有，你偏偏穿我這雙，你咒誰死呢？」陳盡妹對著大兒子陳火元罵道。阿梁的新軀體躲在牆壁的縫隙中，發現這男人原本陪笑的臉一下子就變得陰沉，像漁港的天氣一樣。陳火元身上有一股海鮮味，甚至有好幾種透進骨隨的醃菜味，以人類來說，實在很不好聞。但對這次的阿梁來說，那是一股引發食慾的腐敗氣息。陳火元一條腿受了傷，一隻眼睛患有白內障，阿梁心想，他應該就是那一個跑船的大哥，被海風與粗鹽打磨的男人，無法從事跑船工作之後，便一直守候在陳盡妹身邊。

這一次，大女兒、老三與小女孩都不在。直到阿梁看見這一雙粉色拖鞋，才真正確定自己又跑到同一戶人家。

起初，阿梁從如同紅豆的卵鞘中迸出，此刻正值黑夜，房內並未亮起任何一盞燈，唯有老舊映像管電視的光源不斷刺激著阿梁的蟑螂複眼，機器內的電子也刺激著螢光粉，多種色彩映照著陳盡妹。她望著電視裡年輕的女藝人，直到節目換檔，依舊對著空氣發愣，可能腦中還在回想著女藝人的新聞。

阿梁喜歡在黑暗中凝視著她。

在複眼裡頭，黑暗中彷彿有急速的弧形光軌正在運行。

陳盡妹每次都會待到早晨第一聲雞鳴之後，才會拍拍身子起身，準備喚醒沉睡的男人。阿梁也會趁機躲在櫥櫃底下，等待遠行的機會。每晚，陳火元都會把舊連帽外套掛在牆上，附有吸盤的鉤子卻怎樣都無法乘載這件衣服，衣服充滿濕氣而沉重，每到早晨便會自行掉落，阿梁每天都會等待這一瞬間，爬入如同洞窟的帽兜內部。

每次被陳盡妹責罵，陳火元便會騎摩托車去附近的埤塘散散心。再騎遠一點，便是插滿發電風車的海岸線。摩托車在風中穿行，彷彿那些風車電桿才是路過的東西。阿梁常常躲在帽兜中，透過光縫，看一隻隻夜鷺突然伸長脖子，用嘴刺破魚腹，展翅飛向灰暗的天空。阿梁常常在想，也許這個男人還在船上時，陳盡妹等到脖子都長了，就像這些夜鷺一樣。但這些都無法寬慰這個男人遠行歸來的鬱悶，也許他的心早就在港口被海鷗撕成一小片一小片，送給大海當作裝飾的花邊。阿梁聞著男人黝黑後頸散發的腐朽汗味，覺得這個男人實在可口極了。

這一次，陳火元喝了酒，沒有脫下連帽外套，迷迷糊糊地睡著了。而阿梁就在上下左右晃動的帽兜黑暗中顛簸，彷彿是陳火元夢到自己身處在從前待過的遠洋船上。

「喂，死小孩。」一句來自遙遠的呼喚進入帽兜，阿梁接收到了，這訊號也進到陳火元的大腦。「喂，死小孩，你到底要不要起床？」陳火元的身體猛地坐起，彷彿從艙內的吊床跌下。

帽兜在晃動中揭開一道光縫，讓阿梁校準了靈魂視覺的畫面：吊扇旋轉，弧形送出的熱風，極近的距離感，慣性拋物線，自己就像大浪之間飛起的木板箱。

阿梁的蟑螂身軀從帽兜甩了出去，砸在灰白的牆上，軀體滲出稍許黏液之後，掉落在地板上，背部貼著磁磚，慌忙踢著附有觸鬚的六條腿。

「阿彌陀佛——」陳盡妹也撇見了這道棕色軌跡，她轉頭看了一下牆壁，看了看地面，才又慢慢轉回來看著陳火元。

儘管阿梁半死不活，卻很開心男人把他甩了出去，讓陳盡妹看見自己。

「你幫我去買隻雞，燉湯用的。」陳盡妹從口袋中掏出一張皺得像鹹菜的紙鈔，上頭腐爛的氣味依舊能傳到阿梁尚未消逝的嗅覺器官——他飢餓，躲在男人的帽兜裡，還沒吃東西。平常這種氣味足以引發食慾，但此刻的飢餓卻輸給了內心的忌妒——因為他們母子倆身上傳來光芒，像一道道鎖鍊，捆住阿梁的身軀。儘管光芒並不致死，但如同稻穗般柔和的金色光影逐漸充滿室內，使他痛苦不堪。

「後面不是還有幾隻嗎？妳又忘啦？等等我來用就好了——」
「美欣啦，她今天會回來，去買隻雞。」
「我怎麼不知道。」陳火元嘟噥著，但臉龐開始有了笑容。
「這兩天新聞有報，你又不看電視。」陳盡妹說，「是那個老男人太壞，美欣後來才發現自己是小三……」
「這哪是電視啊，根本看不清楚畫面，比收音機還沒用，也早就沒人修映像管了。要不要考慮換一下？日本的？那個液晶很不錯耶，上次我們不是去量販店看電視嗎？大海的顏色很漂亮，比真的還像真的。」
「只要是人做的東西，就一定修得好。」
陳盡妹穿著粉紅色拖鞋往阿梁身上踩去，「家裡得打掃，但你也不要閒晃太晚。」她用腳拇指施力，轉了轉鞋尖，試著讓阿梁的身軀死透。
阿梁無形的腦子裡又開始傳來雜音，使他逐漸聽不清這對母子的對話。這一次，雜音的線條不再像是語音信箱的冷留言，反而偏向一陣起伏不定的波，像是廣播警告。

阿梁並不理會這個聲音，他想用僅剩的力量去探聽接下來的發展。

「死小孩，整天就只知道亂跑。什麼正事也不幹，整天亂跑，乾脆去選里長算了，死小孩……」

「對啦，我是死小孩。」陳火元突然提高音量，「我是死小孩，我跟梁哲一樣，都是死小孩，都活該去死——」

「你講什麼？」

「但我回來了，不是嗎？」陳火元說，「但我回來了。」

阿梁的軀體在燃燒，用僅剩的力量凝視著陳盡妹凹陷的雙眼。這雙眼睛像是集貨箱破洞，有一種無法彌補的絕望。

陳火元深呼吸，「我說，」陳盡妹呆愣在原地，像是等待大赦的囚犯。

「要不要去超市買紅酒？慶祝用的。」

「你自己喝。」陳盡妹皺了皺鼻子，「但如果真要喝，就順便叫大家一起回來喝。」

儘管陳盡妹沒有微笑，但微笑的幻象卻開始出現在阿梁的腦海裡。陳火元換了一件乾爽的T恤，機車引擎的聲音在三合院中響徹。

阿梁的軀體漸漸冷卻了下來。陳盡妹將阿梁的身軀、其他大小的蟑螂屍體、剩餘的卵鞘，連同灰塵一起掃進紅色畚箕。

阿梁成為了一陣風，鑽出了老宅，一路往藍天飛去，慢慢前往「無限」。

一陣陣風掠過他透明的身軀，他能在空中看到那些原地不動，卻不斷旋轉的風車。

阿梁與空中飛翔的夜鷺並行，突然徹底著迷——夜鷺的瞳孔像一顆異國市場挑選的暗色紅寶石，和之前見過的小女孩，脖子配戴的寶石一模一樣。是誰買下這個異國寶石給小女孩的呢？是陳火元嗎？如果他曾是船員，那就說得通了。一定有個異國老闆用蹩腳的英語說：這是真的，這是真的，一邊嘰哩咕嚕說著聽不懂的本地話，偶爾會冒出精靈、奇蹟、天然等英語詞彙，讓陳火元掏出鈔票，塞進紅絨小盒裡，郵寄回台灣。也許其他的船員也買了琥珀、鯊魚牙齒，或是用活體動物做成的小飾品，把玩兩下就扔到一旁。阿梁無形的大腦中突然閃過了一個畫面：小女孩的寶石裝著一隻無法飛翔的精靈。只要配掛在小女孩的頸子，當她上台舞蹈、表演、唱歌時，一顆心激烈跳動，肯定能撼動裡頭的精靈，激發小女孩的的潛能。

老宅之所以灰塵遍布，肯定是當初的小女孩長大了，離開這個家，很久沒歸來。也許老三與大女兒在這幾年也有了各自的家庭，除了過年之外，其餘三百多天就只有陳火元在旁伺候陳盡妹。電視上色彩模糊的年輕女藝人肯定就是那個小女孩，那個美欣——肯定是這樣，真是可憐哪。

阿梁又回到了「無限」。

他透明身軀如同地板上的一攤水，露出空隙，像一張嘴巴在冷笑。

阿梁沉浸在自己的結論之中：這家人真是可憐哪，死了二兒子的老太婆、貌合神離的孩子們、一群螻蟻般的人們——活著比死更慘。

周遭的形體朝著阿梁延展出蕨類般的芽，卻都沒有低垂，像是在比中指。

不知道又過了多久，阿梁又回過神，發現周遭的形體全都消逝了。當他陷入茫然時，之前那一個聲音回來了，化為線條，在他無形的耳中細語，進入阿梁無形的大腦，成為一種想法：要回家了。

與以往不同，這次阿梁沒有直接消逝，他的透明身軀逐漸剝離，最後才是下墜，然後遁隱。這種感覺像是一具孩童把玩的風箏，在天上滯留一整個下午，終於要降落了。

他進入建築物，進入棉被，進入皮膚，進入黑暗。

阿梁感覺自己無形且近乎全知的大腦逐漸被某種重物取代。他並未感受到恐懼，反而覺得興奮，毛細孔接受的每一滴液體，都能讓他逐漸忘記那些蟑螂、螞蟻或是飛蛾的母親們。

他待在黑暗的溫暖水域之中，儘管難以伸展拳腳，但這個地方有點類似宇宙，自己像一個太空人一樣慢慢地旋轉起來。

這裡很自在，很舒服。他唯一的抱怨就是待得太久了。

太久了？阿梁突然陷入疑惑，他已經很久沒有用快、慢、長、久等形容詞去嫌棄任何事情了。

身處溫暖水域的的過程中，現世的情節不斷傳了進來，干擾著他，打斷著他。靈魂將訊號組織起來，讓清晰無比的聲音、影像、色彩傳遞到阿梁幾乎成型的大腦。

而意識早一步接收了光的訊號，有那麼一瞬間，他沒辦法區分自己是在做夢，是在死亡，還是在清醒。阿梁微微睜開眼，但什麼也看不見──並非黑暗，而是白得什麼都看不見，就連黑暗也看不見。也許陽光回來了，阿梁心想。

「梁哲回來了，梁哲回來了。光好亮，我看不見……」陳盡妹坐在大廳的圓桌前，對著牆壁碎碎念，天花板懸吊著一顆光禿的白熾燈。窗外黑得要命，但卻讓人安心。美欣挺著大肚子，躺在沙發上，嘴角勉強露出微笑。身旁的漢克瘋狂搖頭。他穿的襯衫比當年大上一號，脖子變粗，肩膀堅硬，唯一不變的是那張爛嘴巴。

「是是是，又回來了，都不知道回來幾遍了。」漢克轉頭對著沙發上的美欣閒聊，「妳千萬不要學阿婆，她以前都用自己的嘴巴把雞肉咬碎，然後吐給小孩子吃。小孩子吃久了會變笨。」

「天哪，人家都不知道，三叔怎麼會知道這件事？」

「我昨天晚上跟他說的，我們都是這樣被養大的，哈哈哈。」陳火元又端著一鍋鹹湯圓，笑著從廚房走出來，「菜就這樣了，就等品青回來。」

陳盡妹朝空氣點了點頭，又陷入寂靜。

美欣突然向兩個男人招手，等到兩人都湊到沙發前，她才壓低聲音說：「大伯、三叔，你們不覺得，」她瞄向陳盡妹說：「阿婆最近都這樣，先像鞭炮一樣講一連串話，然後就開始發愣，又繼續亂講話。阿婆好像──生病了？」

「老了嘛。」

「對，肯定是老了。阿達阿達的。」

漢克伸出食指，在太陽穴附近轉了幾圈。

「可是人家覺得這樣很恐怖。」

美欣敲了敲痠痛的腰板，喃喃自語說。陳火元與漢克向前彎下身子，一字不漏傾聽所有抱怨，也開始討論起未來的計畫。

「趁這個機會把媽送走好了，不然美欣的小孩又得吃口水了。」

「這不太好吧，」陳火元說，「聽說安養中心的老人家也會欺負新人，而且媽也挺孤僻的，太危險了。」

「她哪有孤僻？老人都痴痴呆呆，哪有空欺負別人。」漢克指著陳盡妹說，「你看，她剛才不是很能說話嗎？搬去那裡可以盡情找人說話，根本就不會無聊。」

「我們這樣可是不孝，做壞事，如果你二哥知道會怪我的。」

「什麼二哥，他有參與過我們的生活嗎？你看人家美欣，一出生就沒見過自己的爸爸幾眼，然後就背債了。媽的，一個人犯錯，全家人擦屁股。」漢克繼續說，「大哥，我們也照顧媽這麼久了，有權利休息。」

大門被推開了。晚風與黑暗一起湧入，同時震撼這三個人，他們同時望向門口，露出驚恐的神情。

「我買回來囉。」品青將一手啤酒放在鞋櫃上，「剛剛騎車時撞上一群蚊子，超噁的，還吃到一點，」那一瞬間，她看到陳盡妹呆坐在滿桌飯菜的圓桌前，又看了看沙發前傻愣在原地的三個人。品青似乎明白了什麼。

「噁心死了。」她抹了抹臉上剩餘的屍骸，鼻子哼了一口氣，轉身往浴室走去。

「我要先吃，好餓。」漢克撐起自己的膝蓋，走向圓桌。

陳火元攙扶著美欣，就在屁股離開椅墊的一瞬間，陳盡妹突然站了起來，環顧四周，像在尋找什麼，雙眼留下了淚水。

「梁哲，是梁哲。」

全部人都嚇了一跳——這包括在美欣肚腹中的阿梁，他已經成型的心臟突然開始抽動，也引起美欣的不適，跌坐在沙發上。她隱忍了下來，不斷吸氣吐納。這也許只是平常的陣痛。

「媽，你在說什麼啊——」

陳火元想用雙手抱住她的雙肩，卻只將手臂懸宕在空中，遲遲不敢觸碰。

「這次是真的。是梁哲，他回來了。我能感覺得到，是梁哲——」陳盡妹像是突然目盲一般，伸出雙手往空氣摸索，繼續尋找那無形之物。

「你看，我就說吧，我的天。」漢克搖搖頭，「姐，你快出來，媽又來了。」

品青聽到母親的聲音，顧不得臉上的殘渣，衝出浴室，直奔大廳。

「要是梁哲，要是梁哲他，」陳盡妹跌坐在椅子上，持續呼喊。

待在美心肚腹裡的阿梁聽到這個名字，自動打開了皮膚，打開了心，打開了感官。

「當年不要搞什麼股票，欠一堆錢，美欣他媽媽也不會……」陳盡妹想撕開嗓子，卻有一道如同長嗝的戾氣從氣管往上竄升，卡在喉部，像是動物的低吼。

「媽，妳還好吧。」陳火元的問候像是獵人給予獵物最後一擊，陳盡妹開始嚎啕，吐出非人類的音節，如同阿梁在無限中聽到的召喚，無法辨認，但卻能在內心幻化成任何感受。

「趕快拿衛生紙來，媽太激動了，先準備衛生紙——」

「等等打一一〇，還是一一九？快點啊，你們不要慢吞吞——」

「又來了，又來了，每次都這樣——」

眾人手忙腳亂，卻沒有任何一人觸碰陳盡妹。

陳盡妹跪在地上，伸長的雙臂在空氣中交叉，她的尋找落空了，最終只擁抱了自己。

阿梁聽得到。他突然想拋開好不容易得到的一切，朝著光縫大喊：媽媽。

最後，他終於抵禦了母體的吐納，用尚未發育的器官發出音節。

任何聲音也沒有。黑暗的溫暖水域逐漸降溫、失重、流瀉。

光滲了進來。只有光，看不見一切的光。

「美欣，美欣？」在眾人慌亂成一團的同時，只有品青發現美欣不對勁了。美欣倒在一攤液體上，發出弦的咽嗚聲。

最近的醫院離這裡車程需要三十分鐘，救護車提早了幾乎一倍以上的時間抵達。車子停穩在急診室前，家屬與醫療人員迅速進入通道。陳盡妹跟不上眾人的腳步，踽踽獨行，正準備穿越玻璃門。月光像水一樣覆滅在她彎曲的背脊上，這一副空蕩死寂的船體，慢慢駛進強光四溢，卻充滿深淵的大樓之中。

阿梁的皮膚、心與感官紛紛關閉，太空人的宇宙開始有了重力——他被某個星球，或著是黑洞的引力吸引，以現世來說，這場宇宙之旅只經過了幾個小時。

一樣的天空，一樣毫無速度的上升，一樣的無形大腦。

剛剛那些激動的情緒瞬間蒸發，可能變成了雨，還給大地，再也找不到了。一個聲音再次用線條和阿梁溝通，像是在跟他說：抱歉。

一位形體出現在阿梁身旁，伸出蕨類般的芽，不像頂禮，也不像比中指。接著，形體又伸出了另一條蕨類般的芽，兩根芽環繞著阿梁。

與其說是擁抱，不如說是囚禁，阿梁心想。

妳是我深夜夜晚的女伶

我就停在這裡，不用移車，這個時間不會有條子。幾個小時前，我趁附近沒人，把車停在公園外面，背著媽，把她放在附近的涼亭。她應該在石椅上睡著了。我在她外套口袋裡塞了兩張一百元鈔票，對摺兩次，如果有人要打她的主意，至少不會碰一鼻子灰。媽說，碰一鼻子灰的人很容易殺人，許多人殺人一點理由也沒有，我們都是動物。我不敢相信我會這麼做。沒錯。這陣子發生很多事，不算好，因為也沒好過。

我剛失業，媽瘋了，慶幸的是，我老婆原本就是瘋的，只是她媽媽聰明得要死，我跟女兒見面的次數越來越少，只能視訊。讚美智慧型手機和爛網路，這幾年，女兒的臉長成了一堆馬賽克。看，我的皮夾裡有兩張照片，一張是女兒，穿著百元童裝，在沙坑裡把自己滾得跟豬頭一樣。另一張是吉姆叔叔，有點模糊，標準的美國白人。媽可能是美國人。我從小就沒有爸爸，他應該也是白人——我說過我沒騙人吧。沒錯。動物才不會發瘋，從來就沒有失控的狗，例如我的狗——托比，追人是因為好玩。但動物也會只剩空殼，現在托比老了，追不動了，牠的靈魂會跟牠的尿一樣漏光，媽也是。

昨天去巷子口吃晚餐，我滑手機，找配飯片，臉書影片跳出一個節目：在日本，一個被街坊鄰居稱為孝子的退休上班族——暫時叫他田中先生吧，他受不了長期照顧失智的母親，用尼龍繩將母親勒死，並試圖在車內燒炭自殺。當然啦，警察將犯人救下，但老母親早就翹辮子了。電視台記者找到機會，訪問田中先生，想挖掘他的殺人動機，「她是你的母親啊，田中先生，為什麼呢？」田中先生眼神鎮定，像一個天文學教授用最簡單的話，對著傻瓜蛋解釋行星的誕生。他慢慢從童年開始講起，唉，太長了，我只記得畫面。導播使用的畫面都是青山綠水、白色校舍、陽光滿遍的和室；長得不怎麼樣的賢淑妻子，吐舌頭的秋田犬，大學畢業後在企業上班的兒子。「她不是我母親，」田中先生說話的時候，鏡頭並沒有聚焦在他那張馬賽克的臉上，畫面停留在田中家閣樓，一副呈現坐姿，黑色的全身盔甲。據說那是伊達政宗甲冑的複製品，田中家看起挺有錢的。唯一怪異的是，盔甲的坐姿稍微左傾，頭盔也是，彷彿像一個人歪著頭看著你。「她只是披著我母親皮囊的一個怪物罷了。」田中先生剛說完，鏡頭立刻切到頭盔的臉部，有鼻子與鬍子的造型，眼睛部位有一條黑壓壓的縫隙，裡頭彷彿有東西在看著我。我嚇了一跳，立刻用拇指滑掉影片，回到影片開頭的畫面，上頭用漢字寫著「搜奇」或「人間」之類的東西。下一秒，畫面又回到了盔甲的面部。聲音消失，字幕還在跑，頭盔縫隙依舊讓我覺得噁心。

媽就是一個碎碎念的薩滿。沒錯。媽說，心靈的痛就是肉體的痛：手痛，可能是家庭；腳痛，可能是友誼。所以她從小就打我——但她沒拿皮帶，那是男人用的東西。她的手就是皮帶，沒有用太多力，軟趴趴的，卻像鞭子一樣，讓我的皮膚像炸彈一樣響徹。如果我喊疼，媽就會說：「因為，閃電主宰一切。」我不明白。沒錯。我到現在還是不明白那是什麼意思。

地震總是發生在夜晚，碰的一聲，像爆炸一樣。房子吱吱作響，牆壁出現一道裂縫，沙子像水一樣不斷滲出來。沒錯。那時候我還在上小學還是國中，我媽抱著我，衝出屋外，嘴裡不停叫喊著：「核彈來了，戰爭開始了，核彈來了。」街道上到處都是人，儘管晃動暫時停止，大家依舊沒有回去，許多人都睡在車子裡。那天晚上我聽見許多聲音，通常是人的交談，但他們偶爾會突然停頓，循著黑夜裡的嗡嗡聲，發現牆壁很危險，索性不回家了。媽說，地震讓所有人都活在停頓之中。

我們在附近的停車場過夜，只有一張毯子，水泥地很難睡。媽把手電筒立起來，當作火焰。沒錯。這種火焰一點用處也沒有，除了飛蛾之外，沒有人願意聚過來。我躺在她的懷裡，不斷聽她說重複的話：「核彈來了，核彈來了。」當時是九月，夜晚很涼爽，但我全身都在發抖，好像有電流在我體內不斷亂竄。媽把我抱得緊緊的，像溺水的人抓住一塊浮木。她凝視著黑暗，彷彿黑暗裡面有一個危險的陌生人正在接近我們。我掙脫不了媽，但也因為如此，我的顫抖也結束了。我分不清處是餘震，還是她在輕輕搖著我，哄我入睡。媽開始低聲哼唱，我也開始發睏。我記得歌詞是英文，媽以前常講英文。開頭大概是這樣唱的：「從八點到兩點我會待在這／我會盡可能讓你開心／請別介意我有點粗魯／我是你深夜夜晚的女伶」

「Prostitute」不一定是妓女吧？說不定只是賣唱的。媽說，那叫做女伶。總之就是取悅別人，無論主動被動，無論意願，無論性別，媽就是這樣。我的身體變得溫暖，意識開始模糊。那晚的天空很亮，星星很多，但沒什麼風。我看不清楚她的表情，只記得這首歌。

媽說，要不斷告訴自己，我們還活著，儘管一切死灰，但只要能呼吸就好。媽不知道從哪裡撿來一台收音機。收音機裡的人念了一長串名單，咳嗽不斷讓主播停頓，主播沒說抱歉，繼續念名字，我窩在她的懷裡，在黑暗中聽著斷斷續續的名字，跟媽一起入睡。夜晚從來不會安靜，大家的房子都毀了，變成廢墟，但依舊傳來窸窸窣窣的聲音。我們就像小學三年級時養的蠶寶寶，它們半夜吃桑葉的聲音很響亮。有一次，我發現其中一隻有點乾癟，我為牠澆了一點水。早上的時候牠變黑，變臭，萎縮，但還看得出形狀。沒錯。半夜的時候我依舊能聽見蠶寶寶吃桑葉的聲音，屍體還在，牠們在同伴的屍體旁吃東西。沒錯。一直吃，一直吃。

前陣子我把人偶肏壞了。沒錯。三千塊錢的人偶。那是阿關自作主張，特別買來給我用的二手人偶，他覺得如果我去其他店裡消費，會被當盤子宰，而且媽會很尷尬。媽說，人偶不能取名字，不然就像給剛出生的豬仔取小名一樣，幾個月之後，吃培根時就會後悔。她肯定養過豬。阿關常常來家裡辦事，他長得有點差，但擁有一雙漂亮又健壯的小腿。每次他完事之後，都會帶著憐憫的眼神數落我一頓，「婚姻對你沒好處，」阿關對著我吐菸，像所有人的父親那樣，「你女兒真可憐。」他夾菸的手拎著啤酒罐，用菸嗓與媽哼哼唱唱——他們還以為自己是湯姆・威茲（Tom Waits）哩。我假裝聽阿關說教，餘光一直盯著床。床拿來做愛，也拿來睡覺。媽說，她可以接受男人比女人晚起床，並不是他們懶，而是他們從未打算要離開。

阿關沒什麼忠誠可言，但媽依舊給他活幹。冷氣、電鍋、風扇，該修的他都會，就連坑坑洞洞的皮製沙發都被補得不動聲色——我很喜歡這個成語，某個東西或人，明明再也無法承受任何壓力，幾乎快失守了，卻看起來一點事也沒有。這是全世界第一慘的事，一個人明明過得很糟，但親人卻覺得別人更慘，你終究沒辦法生氣。沒錯。第一慘的事，阿關也經歷過，他帶著老婆去參加團體治療，老婆卻愛上團體裡的一個男人。這個男人的身上有無數條傷癒已久的疤痕，像紅色的電線。男人反應很快，知道阿關的老婆需要什麼，最後就連阿關就讀夜校的兒子都開始叫男人一聲爸。沒錯。一個看起來很壞的人，突然做了一件好事，就變成了一個大善人，「觀眾看了一個壞人經歷了一整天的痛苦，剩下三百六十四天的暴行就會被原諒。」我忘記是從哪部影片上看來的。從此之後，阿關三天兩頭就跑來我家，有時候修老舊電器，有時候修別種東西，對我們特別殷勤。「阿關係衰尾道人，阮媽疼惜。」我常對鄰居們這樣說。

但最近阿關沒再來了，媽沒有提起這件事，我也沒有，我怕她傷心。

「你跟我媽借了至少二十萬，」我打電話給阿關，「媽肯定有記帳。」阿關頓了一下才說話，雜訊讓他像一位邵氏老電影的壞角色，「我把你當成親生兒子，」阿關說，「是因為我討厭我自己的兒子。」

「媽病了。」

「那就去看醫生。」

「狀況真的不太好。」

「我有家要養，你又不是不曉得。」阿關又頓了幾秒鐘，電話那頭傳來嘶嘶聲，也有點沙沙聲，不知道是他的靜默還是海浪。

「我會想辦法。」阿關說，掛掉電話。我的通話紀錄上寫著「爸2」，這支號碼再也沒有打電話過來。

我去安慰媽，拍拍她的肩膀。「阿關毋好，」我差點忘記她聽不懂台語，「別管那種人了。」她用一種孩子般的眼神看著我。「阿關，誰？」她說，「我們什麼時候要回亞利桑納？記得帶上托比。」媽開口，講了十幾年沒說的英文。

感謝妳讓我把托比放在你們那邊，老闆娘之前說她很喜歡托比，舌頭吐出來的樣子很可愛，其實那是托比的牙齒壞了，擋不住舌頭，所以垂下來。

我這輩子大概是完蛋了，但其實我過得還不錯，至少我能對老闆說，噢，我遭遇到不幸，但我願意繼續努力工作，我是一個不會放棄的人。其實，我在遭遇不幸之前就已經很「不幸」了。

地震那天晚上也有月亮。媽說，她還住在亞利桑納時，看過這一輩子所見過最大最亮的月亮。沙漠也有花。媽說，它們既多樣且獨立，但又彼此連結——它們大方，她的孤獨也是沙漠的孤獨。我沒見過亞利桑納，我剛開始還以為那是一個男人的名字。當時沙漠裡有核彈，一群懷孕的女人手拉著手，環繞著沙漠抗議，因為沙漠不能產下不屬於自己的子嗣。媽說，孩子是屬於女人的，所以我們偶爾能看見聖母瑪利亞的臉烙印在烤吐司的表面，但看不見使她懷孕的上帝。媽說，她不應該窩在水泥地上，在手電筒旁哭泣。她應該在亞利桑納的沙漠篝火旁溫暖地死去，如同那些帶著身孕，走向死亡的女性。垂直的搖晃很快就來了，接著我們沉睡，像一顆未爆彈，工兵團將我們轉移到其他地方，其他人又把我們轉移到許多爛地方。

媽說，地震讓她想到流產。生下我之前，她的身體裡曾有一個孩子——可能是女的，但死了很久，也腐爛了很久，但它的靈魂一直都在。媽說，我的身體裡住著一個小男孩，但一直沒有死透。沒錯。人們鏟泥土，挖纏繞的鋼筋。我們不下葬，我們從歪曲不整的洞中，拉出新生兒的身體，像一個女巨人流產。像宇宙一樣不斷擴張身體的女巨人。沒有上帝。至少一開始沒有。媽說，上帝睡在黑暗之中，被閃電的光亮嚇醒，急急忙忙說出了那句名言：「要有光。」然後忘記自己的媽媽；也有可能是上帝的媽媽忘了上帝，讓每個人用另一種眼光看祂。所以上帝派天使觀察我們，因為我們的一舉一動，全都屬於上帝的行為。媽說，男人蠢，所以學習。但蠢的核心依舊不變，所以人們需要母親。

媽說，我就是一個核彈。

我不喜歡被叫成核彈。我很難過。媽說，難過的時候不准說「難過」兩個字。

因為沒有人會在乎你有多悲傷，情緒到底有多深——形容詞永遠無法形容任何事情。沒錯。但我今天很高興，去他的，我快樂得像一隻吵死人的夜鷹。媽說，人們是一群雞仔，被資本家剝削殆盡，吃飼料，自己生產自己。但我不會生蛋，也不能有一顆蛋孵出下一個我，繼承著小小缺陷。所以媽跟阿關叫我去肏人偶。我討厭阿關送的二手人偶，我偶爾會去專門擺人偶給人們肏的店。儘管人偶的五官根本不像正常人，但穿著很漂亮。一開始我把人偶的衣服扒光，但做到一半後又幫它們把衣服穿回去。沒錯。有穿衣服的人偶永遠比沒穿衣服的人偶漂亮。我喜歡妳穿衣服的樣子，人模人樣，如果妳裸體，就只是一具人偶，一具空殼，讓我有一股想掐脖子的衝動。曾經有一次，我不小心把店裡一具人偶的雙臂扯了下來。沒錯。衣服沒破，賠了幾千塊。好險老闆娘沒生氣。這不算肏壞它，它還能組裝，它還沒有髒。

我討厭肏人偶。儘管人偶也是有溫度的，就好像靠在石頭上，石頭也會有人的溫度。人偶與石頭的溫度都是人給的，並沒有熱能從皮膚底下源源不絕地冒出來。肏壞人偶的那天晚上，我也生病了。沒錯。全身發燙，我好像被什麼東西抓住，一直想掙脫。我重新鎖上房門，兩次，拉上插銷。我失去嗅覺，舌頭也被藥的苦味蓋住。舌苔像潮濕發臭的棉被，裡頭塞的人工羽毛全都爛了。我不想讓阿關發現，也不想讓媽發現。因為我真的是一顆核彈。媽說，辨認小孩有沒有發燒的方法，就是將指尖貼在額頭，如果指尖的溫度漸漸與額頭消融，他就是在說謊。肏壞人偶的那晚，我摸自己的額頭，有源源不絕的熱源。也許，稍早，我也有將這分無限的能源傳遞給人偶。

媽說，如果我不是核彈，至少是一座核電廠。

沒錯。所以，我產生核廢料，用衛生紙包起來，味道很重。如果馬桶沖不掉，就藏在鞋盒裡，有時藏在垃圾袋底部。媽說，女人也會產生核廢料，但更痛苦，腹腔裡頭的內臟不斷下墜，彷彿被人拉扯。她懷念亞利桑納沙漠中的篝火，比起體內那看不見的怒火更加舒坦。其實，地震發生前的那一刻我沒有睡著，一直盯著吊扇，聽著隔壁房間的床板發出嘎吱嘎吱的晃動聲。沒錯。媽跟其他男人在裡面做愛。沒錯。直到真正的搖晃到來，吊扇突然在我眼前放大、放大，最後成為一片黑。沒錯。我不害怕黑暗，黑暗其實還挺不錯的，胎兒也喜歡黑暗。媽說，過多的光，也只會讓眼睛更暗，所以男人只會帶給妳月亮，不會帶給妳太陽。沒錯。越光明，越黑暗；越黑暗，越光明。

當我脫下褲子，便開始感到慌張，急著想結束。㑳壞人偶的時候也是，我只想趕快完事，但我很惱火，事情就這麼發生了。沒錯。媽說，我是一個不負責任的渾球，跟她打完炮就溜了。我相信她又記錯了，我的臉有時候長得像吉姆叔叔、阿關或是其他我沒見過的男人們。沒錯。吉姆叔叔，紅脖子，可能有一口傻蛋嗓音，媽曾說：「溫斯特家的男人在聖誕節，去給妹妹、媽媽、女朋友買禮物，只需買一份。」我只在照片上見過吉姆叔叔，背景是一座紅色穀倉。除了吉姆叔叔，我沒有認識的親戚。媽說，亞洲人很聰明，農曆新年的時候就可以清點自己的血親，預習上天堂時會遇見的人，以免到時候尷尬。過年的時候我們不吃年夜飯，我們會一起跳舞。她喝醉，抱著我入睡。她的心早就被男人們敲碎敞開了，所以她跳舞，保持那顆殘破的心不會結痂成為石頭，永遠保持在高溫的狀態之下。

我很小的時候曾想過，存錢去美國找吉姆叔叔，可能一切都會好起來。直到最近，我發現媽生病了，我也生病了，我才打消了這個念頭。阿關說我不應該擁有孩子，因為小小的缺陷不會消失。沒錯。我的老婆跟我一樣，身上累積了好幾代的缺陷，但我很愛她。媽說，我是一個智障，帶把的惡魔。智障與智障相愛只會生出騾子。但我還是想要一個孩子。工作的方式有很多種，愛的方法也有很多種。媽說，有一位沙漠的同伴曾建議她：「愛出現時就接受，不用挑最好的；不論以什麼方式擁有孩子，有孩子就是好。」這是我這輩子聽過最輕柔的話，就像葉子慢慢掉下來，生命在飄。沒錯。摔得很重。

唉，媽說，她病了。沒錯。未爆彈終於炸開來了。有病就該看醫生，病人很少有這種認知，醫生說這很難得，說這叫「病識感」。可能跟喝酒吃安眠藥有關係，她也是老菸槍。聽到媽親口說出她病了，我的胸口很悶。沒錯。我去脅其他人偶。我把其他人偶的衣服扒光，掐它們的脖子。我差點對它們脫口用英文說「我愛你」三個字。

前幾天，我開車載媽去海邊，從萬華一路開到桃園。但我沒打電話請假。我也沒讓阿關知道，他不必知道，這台車是從他家借來的，我有車鑰匙。媽坐在副駕駛座，低著頭不說話，從薩滿進化成菩薩神像，黑色腳踏墊上的垃圾殘渣好像宇宙，她觀看芸芸眾生。坐在車子裡什麼都看不到。我下車走路，不遠處有一座歪歪斜斜的水泥燈塔，我突然想去那看看。我隨便把媽放在竹籬笆旁的石頭上，手腳並用，陷進沙子裡，爬上爬下。我從附近的沙丘上面爬過去，穿過漂流木、浮球、垃圾的間隙。亞利桑納會有荊棘或仙人掌的間隙嗎？媽是不是跟隨著那群懷孕的女人，用血手掌穿梭其中，逃離軍人和警犬的追捕，就連沾血的石頭們都粉碎了，然後成為新的沙丘？媽說，記憶像血沙子一樣，不斷出現又不見。水泥燈塔進不去，整個地基都翻起來了，甚至沒屋頂。這裡熱死了。我聽見轟鳴聲，一架飛機飛過我的頭頂。媽說，還有另一種人，他們不愛沙漠，但也會在沙漠中爬上爬下，腰間都插著廉價的蓋格計數器（Geiger counter）。探礦人尋找鈾礦，賣給原子還是核子能源協會，製造一顆顆核彈，然後再朝著沙漠亂炸一通。媽說，那種人不愛沙漠，也不住在沙漠，因為只要你在沙漠住上幾年，你就會愛上它。它總是讓你雙眼通紅，鼻腔出血，白天用太陽烘烤外面，晚上喝咖啡溫暖裡面。這跟男人相反。男人只會把你揍到滿臉通紅，或是讓你傷心到內心淌血。

草漯沙漠不像網路上的照片一樣漂亮，灰色的海，旁邊有著巨大的風扇，不斷地在切，切，切。我腳好痛，回到車上，放下前座椅背，想小睡一下，媽依舊坐在竹籬笆旁的石頭上，讓海風磨她，刮她，刨她，「真美——」我受不了，下車扶著媽上車，不讓海風切斷她的碎碎念，「核彈沒有完全毀了這裡。」她以為自己還是個少女，她唱歌，像拖過的髒地板一樣閃耀。歌詞是英文，還是那首歌，說自己是一個深夜夜晚的妓女，跌倒在一個韻腳上頭。亂七八糟的事。她又犯毛病了，很糟。回到家，她倒頭就睡，我在廚房留紙條，給明天的她看，上頭寫著「垃圾」和「兒子」這些單字。她可能馬上就會忘記前一天發生的事。我只用紅筆圈起「垃圾」，那是迫切要解決的事。這樣做有時行得通。媽說，悲傷不會習慣，悲傷只是快樂的休息站。

我從來沒想過要離家出走。城市的好處就是不會餓死。大家都拿失業救濟金跟補助款去喝酒，所以我沒拿。我還會再找工作，我有女兒，她長得像媽，也像我，像吉姆叔叔，她有立體的五官，不像我老婆。希望女兒一切都正常。孩子是屬於女人的，我負責給生活費，就像我前面說的，偶爾見幾次面。每次與女人們見面，我總是逼自己沉默。如果我們說話，我一定會說個沒完，就像現在這樣，很可笑。她的母親也會跟來，捧著嬰兒的後腦勺，「如果有人聽見你們對話，」她的母親搖晃著雙臂說，「會把你們倆當瘋子。」我不恨。媽說，恨相當珍貴，因為它是從愛情灰燼中生長出來的。我不能生氣。媽說，情緒是廉價糖果，有錢人會拿兩顆來配紅酒，只有窮人才會抓一大把吃掉。

剛剛在公園，她坐在長椅上，頭垂下來就像死了一樣。涼亭黑漆漆的，我沒用手電筒或手機燈，如果用了，我就只看得見眼前那道喇叭形狀的光。我沒有打光，看不太清楚，但也看得到，一切都無邊無際。媽說，光線就像一個大箱子，把人裝起來，完全隔絕，封得死死的，很遙遠，很寂寞。我想拿一條毛毯蓋在她的膝蓋上，於是蹲在黑暗中摸索，我不懂為什麼自己有這種舉動。突然，我的膝蓋也暖和了起來，裡頭彷彿有一攤溫水注入進我的肌肉，像是吃了鎮定劑一樣開始變軟，像是上帝強壓著我的頭，蹲下為她繫鞋帶。不可能是上帝，狗屁。但我還是不懂，為什麼還要幫媽繫鞋帶呢？我不需要等安眠藥的藥效發揮，該來的總是會來。她的身體突然抖動了一下，像當年地震發生前的一秒鐘，我抬頭，視野瞬間變黑，接著是地面、草地、一塊塊的光暈。媽用盡力氣抽了我一巴掌，像炸彈一樣響徹。我再次抬頭，看到她癱軟在長椅上，嘴巴半張半合，瞇著眼盯著我，視線卻好像穿過我的身體，飛得很遠，可能越過山脈，越過海洋，回到亞利桑納，跑到內華達山脈，也回到女巨人乾枯的子宮裡。車子的引擎聲離得我很近，我以為有人來了。我回頭，什麼也沒有。我聽見毛毯「噗」的一聲跌落在地上，膝蓋裡的溫水一路往上竄，一路灌進胸腔、喉嚨、鼻腔，停留在眼睛周圍。不動聲色，我真的很喜歡這個成語。我回到車子裡，裡頭悶熱得要死，我開始憤怒，但我得控制自己，因為我是一顆核彈，我也不想當核電廠。我回到車上，發動引擎，開冷氣，踩離合器。空調扇噴出臭氣，像陳舊的雪。媽說，如果核彈爆炸，蕈狀雲會長出長長的腳，像根吸管，把燒盡的人類粉末吸乾抹淨，然後再吐回給大地；內華達山脈會開始降下黑雨，然後是幾十年如同黑雪一般的粉塵，這些粉塵會覆蓋在空蕩蕩的車子、建築或是頭骨。媽說，那些聰明的牧童們只逃了不到一萬公尺，在他們的身後，原本烤得鮮紅、橘紅、粉紅的天空慢慢變得橙藍，空氣中有一圈又一圈的藍光環繞在他們四周；有些牧童突然弓起身子，背部好像被潑灑了無比巨量的熱油，皮膚捲曲，像蛻皮一樣，一路褪到屁股上，或是像沙漠峭壁上的野玫瑰，皮膚忽然綻開，像不對稱的花瓣。他們的油脂被燒出來了，像金黃色的花蕊。有些落後的牧童就這麼不見了，消失了，只留下一點形狀。焦黑色。暗紅色。白色。有些人僥倖躲過火焰，只有輕微的外傷。但身體就如同下大雨前的地面，冒出無數黑點，頭髮慢慢脫落，開始將自己的血吐在沙子或石頭上。媽說，記憶像血沙子一樣，不斷出現又不見。

我得冷靜下來，但我的鼻腔卻不停跑出類似舊窗簾的味道。我對這一股味道沒什麼印象，卻又感到熟悉，它讓我的腦子跑出許多畫面：重新粉刷的公寓、充滿夜燈黃光的臥室、水槽的碗盤因為傾斜而滑落，互相撞擊的一瞬間。這好像是我地震前住的地方，但也好像不是。沒錯。我鼻子很癢，不斷打噴嚏，這些畫面一點一點消失。我又開始聞不到味道了，我摸了自己的額頭，有源源不絕的熱源開始冒出來。

真討厭，外頭還在下雨，看來還要等一陣子。空調還是老樣子。我不曉得是車內悶熱，還是自己的身體因羞恥而發燙。我來放點音樂吧，這台爛車有音響可以用。噢，沒反應，不動聲色。沒錯。我喜歡這個成語，爛音響。我在家不敢大聲唱歌，媽說很吵，打擾她思緒。雨聲很大，不會有人發現。我教妳唱一小段。「請不要介意我有點粗魯」那首歌後面一段是這麼唱的，重複兩次「我是你深夜夜晚的女伶。」這是歌名，也是結尾，重複兩次，很多歌都這樣。媽說，這用來強調自己有多卑微。

跟歌詞表面意思不同，我覺得湯姆．威茲想說的意思是，一切很棒，一切都很閃耀，我只是想讓一切都閃耀起來。我希望所有人都快樂；哈哈哈，我是一個妓女薩滿生出來的傻兒子，在雨天裡不斷碎碎念，教一具人偶唱歌。我是你深夜夜晚的女伶，我是你深夜夜晚的女伶——喔，妳害羞嗎？拜託，妳唱一下吧，我們可以再待一下，我等等就會送妳回去，不動聲色，老闆娘應該還在跟托比玩，她不會發現的。我也會把車還給阿關，沒有人會發現妳被帶出來。媽不會有事的，公園很安全。我會好起來的。沒錯。讓我再待一下就好，拜託陪我唱一下吧。沒錯。妳不是什麼妓女。沒錯。妳們不是妓女。沒錯。妳們——妳們都是女伶，妳們都是我深夜夜晚的女伶……

盜賊的母親

凌晨一點，當月光移動到一塊骯髒的磁磚時，她闔上精裝版的《達洛維夫人》，並將它收進包包裡。月光皎潔，但卻無法照耀廁所隔間的所有角落，甚至是書上的任何一個字。她服了藥，從廁所出來，走到辦公室大門的門禁前，在褲子口袋摸索出一把鑰匙鍊。上頭沒有任何金屬製的東西，全是一張張小磁扣。她挑選了沒有貼紙的那張，刷開了門禁。順著一條劣質地毯的走廊往前走，兩旁都是半開放的辦公室隔間，桌子上的電腦像是就寢的囚犯，四周寂靜一片。她看不到任何一個人，也看不到任何一盞燈光，但那也是她所期待的——有那麼一瞬間，她希望這種黑暗可以不斷延長，讓她安身立命，永永遠遠。走道逐漸變窄，岔開許多廊道，接著，她拐入一條窄淺的小徑，盡頭的大隔間像是垃圾堆，書本疊得很高，超過了隔板。

在昏暗的檯燈之下，她找到了貼滿便條紙的電腦。辛吉曾告訴她密碼，那是唯一的機會。她戴上老花眼鏡，在鍵盤上摸索，可能失敗了兩次，螢幕終於顯現：測試文件、掃描檔、執行程式、報表。她按照圖示點按。白字黑底的執行程式顯現，像一個黝黑的壁爐，牆面貼著剩餘的灰燼殘渣。她腦中的那個人，就藏在這裡，擬態成各種模樣。

在等待的途中，她第三次將頭倚靠在椅背上，閉上眼睛小睡一會兒。她總能夢見那個人一生的殘影。公園、沙漠、雪、海灘、針葉林……夢的空間廣袤，但殘影依舊是殘影，她想不起來那個人的臉。那個人離她好遠好遠，中間彷彿隔了一層薄霧，不同時期的臉龐混跡一團，每一張臉都很陌生。好不容易，這一次，那個人重新進入了她的世界，他就出現於房門外，後頭跟著一群警察。那個人緩緩伸出手，好像要給予些什麼，將小小的拳頭綻開。

每次驚醒時，她隱約感覺夢就像壁虎的斷尾——如同那個人——永遠離開她的身體。她得清醒，聽主機風扇的運轉聲，想像成崖上的強風，或是海浪拍岸的白噪音，儘管這根本不可能。

她在鍵盤上敲了幾個單詞。黑底的螢幕上輸出好幾行破碎的文字。

這一小段文字的缺陷真不少，邏輯不通，語法混亂，動詞與名詞的搭配既陌生又怪誕。她用兩個手指，慢慢輸入單字，輸入了「墓園」、「葬禮」、「火」。僅僅六秒鐘的時間，它又生成出了一個開頭：「別哭，上帝派來的天使早已替我們死去的爺爺焊縫了涅槃……」

她覺得一切都不太對勁，猶豫是否要將黑底白字的程式關閉。刪節號不斷延長，好像一條肚破腸流的黑狗在黝暗的巷子裡踽踽獨行。

然後是永無止盡的質數。

它在生成文字之後，不斷地，間歇地，在空白行之後生成巨大數量的質數——不斷增演繁殖，當她的視神經接收到這一連串質數，腦袋自動轉換成一個個單字：痛苦，疼，慟，pain，sore，ache……像是一種沒情緒的呼救，一個孩子正在受難呼救，卻不知痛苦為何物。

突然，桌上的老式分機電話響了。響了三聲之後又停歇下來，過了幾秒鐘後又繼續響。她拿起話筒，並且按下接聽鈕。比起接聽，更像是讓它不要吵鬧。

「喂，喂？」一名男子說，「我忘了告訴妳，密碼是——」

「我知道。」

「對喲，妳應該知道。」他繼續說，「掃描儀在電腦左手邊。」

「我不會用。」

「我可以知道妳要寫些什麼嗎？」他說，「這種感覺很刺激耶。」

她不答話，但也沒掛掉通話，一面盯著螢幕，一面看著鍵盤，用左右手的兩根食指，一字一字慢慢地摁。

「喂——」男子繼續說，「陳阿姨，妳還在嗎？」

「還在。」

她抿著嘴唇，繼續盯著螢幕，白光映照她的臉。

「妳就邊打字邊聽我講吧，聽不懂也沒關係，」男子繼續說，「總之，公司已經買斷小說家T的版權了。妳有看過T的小說嗎？他快一百歲了，有點歇斯底里，拼貼，離題，極繁敘述……就是那種很後現代的東西，大概吧。等他死掉之後，我們會立即上架這個AI，讓他永遠活著。讀者與粉絲讓小說家T在程式裡繼續活著，永遠推陳出『新作』，甚至大家可以將生成的作品上傳至團隊建立的社交平台，上傳自己生成的句子，彼此討論該如何將段落拼合在一起，讓『新作』不斷再生。」

「很蠢。」

「沒錯。」他說，「這就好像手機的虛擬助理一樣，一開始大家都很新奇，但過一陣子就膩了，然後停止運營，只剩美少女圖片樣板和嗲聲嗲氣的語音——不再更新，不再除蟲，最後被人忘記。」

螢幕上又出現了一連串刪節號與質數。她關閉了黑底白字的程式，並打開了另一個。她曾看過辛吉填充資料庫，將一本又一本的紙質小說攤開，掃描成圖檔，讓電腦識別文字。她沒有開啟掃描儀，在測試程序中手動輸入一行又一行文字。有那麼一瞬間，她覺得自己又能成為一名小說家。藉由打字，讓自己暫時放下死亡的念頭。所有對肉身發起的挑戰，例如自戕、自瀆、自殺……好像在那一瞬間暢通無阻，一切好像都在修復。

「小吉，」她用肩膀與耳朵夾著話筒，繼續打字：「你不覺得AI生成文字跟圖片的過程，跟回憶很像嗎？」

「對啊，輸入關鍵字，得到模模糊糊的圖和文字，然後我們給出更多片段，它就會越清楚，越有細節。但我覺得文字跟圖片還是有差異，」辛吉繼續說，「生成圖片有點像是妳說的，大腦在進行回憶，但生成文字就好像在……拷問？人類挑選詞彙，捋順文法，把痛苦的痕跡抹除，變成一篇還可以的報告、文章、小說。」

「但那些質數是麼回事？」

「陳阿姨，妳真他媽的問對問題了。」他說，「照理來說，這是幾十年前語言模型ＡＩ的毛病，但我們公司的開發超爛，解決不了就算了，行銷還配合著說，他們想保留質數。因為數字的出現能提醒消費體驗者，這只不過是一個機器程序而已，有一種神經質藝術家囈語的形象，好讓大眾安心，這不會取代人類，這只不過是一個機器程序而已。」

「狗屁。」

「真的，這就好像一個技巧很差的屠夫，宣稱殺豬時讓豬不停嗚叫，是為了讓客人意識到這是一頭豬，而不是培根或香腸。」他繼續說，「我還是第一次看到，行銷跟開發這麼有默契。」

「他們讓這個小孩的痛苦一直持續。」

「小孩。」辛吉說，「也是，對妳來說，這是小孩沒錯。」

「你也算是它的母親吧？」

「老天，那父親是誰，小說家T嗎？」辛吉說，「大家最後也只會記得小說家T，就跟他的寫作風格一樣：也許到頭來，一切都屬於是T的吧？馬奎斯的句子是T的，博拉紐的句子是T的，馮內果的句子是T的；人們敬愛的小說家T能把所有小說、故事、寓言變成他的小說，這是他最獨特的魅力——所以囉，人們不會驚訝地發現，哇，『庫洛洛』發展出新風格了！因為一切都會被解套成T的風格。」

「什麼洛？」

「呃，庫洛洛，」辛吉說，「一個漫畫角色。他是一個盜賊集團的首領，還能奪取他人的絕招，將偷搶來的能力組織搭配。我之前跟行銷開玩笑，說可以用這個名字，他們就拿去提案了，笑死，大家都抄來抄去。」

「提案過了嗎？」

「當然沒過，但我們私下還將叫他庫洛洛。老闆說希望名字可以更……像個普通人類。最好是英文名字，順便國際化。所以啦，英文名字，就是這麼剛好。」

「為什麼要選小說家T？」

「原本是想用過世超過五十年，沒有版權的作家，」辛吉說，「但我們提案的時候，順便提了小說家T——提案就是這樣，一個好一個壞，讓老闆有選項的空間，但老闆通常都選壞的。」

「你們什麼不提，偏偏提了小說家T，」她扭動脖子和肩膀，「我記得他很難搞，累死你。」

「就當作一種緣分，」辛吉說，「我以前曾經買過他的寫作課程，他講過一句話，讓我開始想寫小說。」

「什麼話？」

電話另一端沉默，周圍的黑暗中傳來嗡嗡聲，好像有什麼金屬在震動。

「逼近生命的祕訣，就是在虛構裡頭，操作他人的生命，在他們的大腦中，放一根無中生有的釘子——」

「好殘忍。」

「還有下一句，」辛吉說，「然後，再把那根釘子偷走。」

「腦子會壞死。」

「何止腦子，命都沒有了。」辛吉說，「而人物為了尋找那一根釘子，會不惜一切代價，就算那根釘子在另一個人的腦子裡。」

「我不是很喜歡這個比喻。」

「我以前愛得要死，」辛吉說，「但自從我不寫東西之後，開始覺得這句話根本是一個詛咒——我的腦子裡也有那根釘子，這個釘子是為了給其他人奪取或盜竊而生的。」

「你也應該去照一照斷層掃描。」

「陳阿姨，」辛吉說，「妳照過嗎？喂，陳阿姨，喂——」

她沒有說話，暫時把話筒擱在桌上，鍵盤聲越來越大。

就在前天，她去醫院做了一次核磁共振造影。她的橫面腦神經纖維圖，就像兩個手牽著手的綠色小天使，不但緊緊握住彼此，又賣力地打開雙臂，儘管神經元凋亡，白質不再傳遞理性決策，但依舊歡迎著頭頂之上的掉落之物。醫生說，這裡頭可能藏著自殺慾望、記憶衰退、妄想症的物理線索。

時間不多了。

她看見辛吉的書堆中，除了小說家T的著作之外，還有一本《伊索寓言》。她攤開書本，一個字一個字輸入。她得輸入點其他東西——不論什麼都好，不止是輸入自己的生命經驗，只要不是小說家T的文字，什麼故事都好：一個孩子偷了東西，但母親非但不制止，反而稱讚有佳；等到孩子成年之後犯罪了，在法庭上宣告刑期的當下，衝到母親的身旁，咬下她的一隻的耳朵，責怪母親當年的驕縱。

「我超討厭這個故事，」擱置在桌上的電話傳來辛吉遙遠的聲音，「自私的母親。」

鍵盤聲停止了。她再度將話筒拿了起來，但沒有說話。

「抱歉，但我真的太好奇了。」辛吉補充說，「遠端啦，我從我家電腦看得到妳的螢幕。」

辛吉在說著些話時，她看著螢幕，就只是看著。上頭密密麻麻的文字。她思考著在天亮之前，自己還可以輸入多少東西。

辛吉說：「我常常在想，這個故事有沒有另一個版本？例如小孩偷回來的贓貨，全是母親被奪取的東西，或是小孩長大後偷東西只是為了報復母親，讓她名聲掃地？」

「如果我是盜賊的母親，」她說，「我肯定早就有覺悟了。」

「可是小偷與盜賊，不太一樣吧？一個是偷竊，一個是強奪。」

「也對，」她說，「那麼庫洛洛，是小偷還是盜賊？」

「漫畫裡的庫洛洛是盜賊，但我們這個庫洛洛——也不太像小偷，他只是接收了小說家Ｔ的文字。」

「我們比較像小偷，把小說偷過來，然後餵給庫洛洛，他立刻能夠東拼西湊出新的東西，比較像是搶走。」

「那這個庫洛洛也是盜賊囉，血脈相承，跟小說家Ｔ一樣都是盜賊，」辛吉大笑：「偷走其他人的文字風格來拼貼。」

她等待辛吉大笑的過程中，再度將話筒夾在耳旁，繼續敲鍵盤。螢幕上的文字繁增，辛吉可能看見了。

「總而言之，這個ＡＩ，就是一個盜賊，偷了母親的小說養分，而這個小說養分也不是母親原創的，是母親從另一位小說家Ｔ身上竊取的——那麼，庫洛洛打從有意識以來，它就是一個盜竊了母親為他偷取而來的小說的小說家。只要它一上架，就會延續小說家T的寫作，而受眾越多，修改越多，拼接越多，庫洛洛會成為繼承小說家T的虛擬寫作者，甚至假設全球的書寫者都在使用庫洛洛，那麼全球書寫者的小說，就是庫洛洛的小說。」

「好可怕。」

「但我們現在只有輸入小說家T的小說，所以庫洛洛就只有小說家T的世界模型。」

「什麼模型？」

辛吉清了清喉嚨：「其實，我們所見所聞的經驗場景，實際上都是一個個，自己建構的精神模型；理論上來說，視網膜只接收得到二維影像，但大腦卻擅自幫我們拼湊出三維立體視覺——甚至是任何感知理解；我們都住在大腦製作的虛擬世界之中。」

沉默越拉越長，像一條河，越流越寬敞。她不知道要說些什麼，甚至是想要什麼。她只能靜靜等待辛吉說話，聽他說話的口氣，她懷疑辛吉是否也跟自己一樣患上的絕症，急切地想在臨死之前做點什麼。

「反正，妳只要輸入了自己的小說——或是故事，其他文字什麼的，就算只有10%也好，就算這少量的文字會被剩下90%的小說家T的文字強暴也沒關係，這會影響庫洛洛的發展，畢竟母親的基因決定了孩子的一生。」

「好可怕。」她說，「生小孩很累。」

「小說家T曾說，人類之所以生孩子，勢必是想延續對某人的愛。」

「他又沒生過。」

「說的也是，」辛吉說，「我老婆就希望能夠像植物一樣無性繁殖。」

「像聖母瑪莉亞那樣？」

「不，不能像那樣，」辛吉繼續說，「一個純粹的，延續自己母愛的，像植物一樣，只屬於自己的孩子。」

「自私的母性。」

「妳可以這麼說。」

「你們公司開發爛AI，也是對小說的自私。」

「但人類有拼湊訊息的完形能力。」辛吉繼續解釋，「AI只要輸入什麼，它只會跟著邏輯生成出什麼，沒有舉一反三，沒有靈光乍現。一切都是可以複製的，像這堆質數。」

「我倒是希望庫洛洛寫得出一篇只有質數，卻能讓讀者感受到痛苦情緒的小說。」

「妳可以為它輸入道德教訓的對話，例如《卡拉馬助夫兄弟》阿遼沙的演講；妳也可以為它輸入族群融合的動作場景，例如《戰爭與和平》娜塔莎的舞蹈。最後加上一點私人經驗，它可能會拼湊出很有趣的東西——將妳這一輩子總結的想法完完整整地寫下，讓庫洛洛零誤差地接收妳的意識，延續妳的基因，妳的時代，妳的世界。這可能也是另一種無性繁殖吧，把妳的兒子用另一種方式生回來。」

「生回來……」

「妳兒子長得帥嗎？」

「帥，應該蠻帥的。」

「真可惜，是不是新藥太強了？什麼都忘了。」

「是啊，反而那些想忘的卻忘不了。」

「例如呢？」

她沒回話，將話筒輕輕放回電話分機座上。她將資料庫關閉，又打開了執行檔。庫洛洛的測試版本。她對著庫洛洛輸入一些屬於那個人的關鍵字，試圖藉由虐待它，用庫洛洛的痛苦喚醒自己的記憶。經歷無盡的質數之後，它說話了：「媽說，情緒是廉價糖果，有錢人會拿兩顆來配紅酒，只有窮人才會抓一大把吃掉。」

早晨。儘管陽光曬了進來，但她覺得更冷了。她刷了另一張磁扣走出公司，趁上班人流之前回到租屋處。她住在靠近河堤的老宅區，附近植被一年比一年旺盛，樹冠層繁茂，陰影擬態成各種形狀，就連石磚縫的野草都瘋長著。另一邊是新建大樓的建築工地，地基已經打好了，但三個月沒有繼續動工。施工地的鐵皮門上寫著：十八層公寓大樓。那意味著現在的綠蔭與陽光都是福賜，再過一陣子，這裡將陷入完全的陰暗。

她上樓，用鑰匙打開門，發現門並沒有鎖上。晨光都還沒覆蓋到她的腳，她就注意到房間內有一個巨大的黑影遮擋了太陽。

「抱歉抱歉，我快用好了，」一個中年男子駕著鐵梯子，正在牽引天花板的管線，「媽說，這層樓的電閘開關在妳這房，我昨天有打電話給妳，說我今天要來檢查電路。」

她敞開著門，彎下腰脫鞋，然後走到鐵梯旁。

「我可能忘記了。」

「沒關係的，我很快就用好了，等等就離開。」中年男子笑說，「可別告我非法入侵喔。」

她將熱水壺插上電，按下保溫鈕，準備沖一杯咖啡。在中年男子離開之前，她沒辦法放鬆。

「之前天花板有漏水。」她說。

「我知道，沒影響。」男子繼續說，「妳漏水的地方剛好是樓上頂加那戶的浴室，一個年輕人，兩個星期沒聯絡到人。後來我拿備用鑰匙開門……嗯，反正房間髒得要命，浴室排水孔被頭髮塞得滿滿的，而且水龍頭沒關，水就一直積累在浴室裡頭，從磁磚滲進水泥，然後再滲到妳這間。」

中年男子從鐵梯下來時，她幫忙扶著鐵梯。

她抬頭。眼中的闇影，像是樹影一樣，擬態成熟悉的人影。

「阿關，」她說，「那要用防水漆。」

金屬的碰撞聲很大，蓋過了所有聲音。

她領著男子走到門口，幫他打開門。擬態的人影依舊在那，佇立不動。

「陳太太，」他說，「妳之後如果有事，或什麼東西壞掉，跟我聯絡就好，我怕我們一直吵房東，哪天他把房子收回去麼辦？我媽中文不是很好，她是聽得懂啦，但不太會講。她最近糊里糊塗的，雖然跟妳一樣有吃藥，但我真怕房東把我們趕出去。」

「那種藥吃完後，腦子變得很清楚，只是有些陳年舊事想不起來。」

他站在門口處。

「妳一直吃藥也不是辦法，聽說那款藥吃了會胡思亂想。」

「藥不能停，」她說，「而且我不吃，會沒辦法工作。」

「也是。」他說，「反正，找點事讓自己做，才不會胡思亂想。我是不介意妳跟別人說我是你兒子，但一下又說我是妳男朋友，這樣不好啦。」

「你不是阿關嗎？」

「別再提那傢伙了啦，他很久沒來了。」

她愣愣地看著男子的臉，幾乎快哭出來了：「我又搞錯了，對不對？」

「而且妳每天跑去跟我媽講一堆有的沒的，她又聽不懂多少……」

中年男子的聲音先是提高，然後扁平。她回過神，擬態消失了。中年男子的臉回復到原先的模樣，輪廓有點深，鼻子挺，皮膚偏白，但又曬黑了不少。尤其是哪一雙藍眼珠。

她沒有說話，一切安靜得可怕。

她看著桌上的白紙，還有幾本書，男子的視線也跟著前往。

「我想休息了。」她說，並起身再度打開門。等中年男子離開後，她再度關上，把生鏽的插銷牢牢拴進底部，並將拴上門鏈。這兩道金屬聲，一個像遠遠的槍聲，另一個像鐐銬，嘩啦作響。

夜晚漸漸降臨，房子內比白天還熱。她產生了強烈的寫作衝動，她不斷告訴自己，要把東西留給庫洛洛。現在就得開始寫，然後漸入佳境，不願停下，並且占有那些字。她還在想著，白天的時候應該要招待一下隔壁鄰居的兒子，至少泡一杯咖啡給他。他有一雙藍眼珠，母親好像是外國人，住在這裡很久了，平常幫房東打點房子的所有事，有一雙健壯的小腿。

「阿關沒什麼忠誠度可言……」她想起庫洛洛吐出來的句子，心裡也開始逐字逐句地構築著。接下來是場景、光影、對話，最好來一點意象。她開始想這些年自己都做了些什麼。過了五分鐘，她才攤開桌上的白紙，打算寫些什麼，當筆尖準備在紙上滑動的時候，發現自己的手在顫抖。她想要把這些看起來像 essay，short story，卻又連貫的小說，輸入給庫洛洛：蘑菇雲在亞利桑那的沙漠升起，軍用直升機在越南上空轟鳴，雨燕在空中交配，糙齒海豚在基隆港外擱淺……

一大清早，她步行到公司大門，兩輛警車在門口待命。一個年輕的警察問她知不知道辛吉這幾天去了哪，上一次看到他是什麼時候等等。

她看著公司大樓斑駁的外牆，以及警察無精打采的眼睛。

「大概是前天晚上，當時我在拖地，發現他躲在廁所隔間裡，不知道要幹嘛。」

「被反鎖了嗎？」

「可能是。」

警察的眼神開始有了光亮。

「妳跟他熟嗎？」

「不是很熟。」她的聲音有些心不在焉。

她搭電梯上樓，獨自前往工具間。一群職員七嘴八舌，除了辛吉好幾天沒來上班的事，大家都在抱怨，業務量又要加重了。因為年邁的小說家T過生日，剛好九十六歲，突然出版了一套半自傳小說，裡頭大量夾雜半個世紀文壇的私人經驗與家族歷史，一共四大冊，預計一年出版一冊，剛上市便引起轟動，有些不明所以的評論家，譽之為東亞的普魯斯特。

她感到絕望、痛苦、憤怒。

她一直以為，寫作就是單純的表達行為，寫作者是一份擅長表達的職業——但實際上並非如此，人們終其一生，都不知道該如何呈現內心與外部世界。傷痛不斷被延遲，如同瀝青滴漏實驗，那一滴無盡的殤涓。

再不行動的話，庫洛洛的數據庫將會有更多小說家 T 的文字，將會有永無止境的質數。過了很久，她趁著所有人下班，再度偷偷躲進廁所。有些人都看見了她，但都沒說話，只是微笑點頭。等到人都走光了，她才偷偷溜進辦公室，啟動電腦，敞開庫洛洛的內心。這是最後一次，她想，也許辛吉能從遠端能看見螢幕，見證她濃縮後的朦朧一生。

花了一整個晚上，將寫過的所有文字輸入其中。直到室內浸漫著清晨的藍光，她才再度執行程式，輸入無數個關鍵字：母親、存在、生命、剩餘、愛、自私、痛苦、對不起、我愛你。

很顯然，她已經輸入了超乎系統負荷的詞彙量。

庫洛洛的刪節號不停流動，像一個躲進暗巷之人的血跡。

黑底白字的螢幕開始顯露出文字；它已經不像一隻肚破腸流的狗了——像一個真正的盜賊或小偷，在暗巷中躲避光明，兜裡揣著巨量的財寶，而那刪節號不但是血滴，也是一顆顆遺落的寶石——他早已迫不及待，想回家孝敬那不存在的母親。這是我——這是我創造出的盜賊，她心想，在我死後，庫洛洛生成的所有文字，都是我的小說。這是最後一次，不論刪節號後頭是什麼，自己都會滿懷感謝地收下。

不知道過了多久，陽光從百葉窗滲入，黑底白字的螢幕開始顯露出文字：

「地震那天晚上也有月亮。媽說，她還住在亞利桑納時，看過這一輩子所見過最大最亮的月亮。沙漠也有花。媽說，它們既多樣且獨立，但又彼此連結——它們大方，她的孤獨也是沙漠的孤獨……」

她離開電腦桌，走進廁所隔間，鎖上插銷。像遠遠的槍聲。廁所隔板斑紋點點，在暗淡的月光之中，有的像眼睛，有的像血跡。一切都好安靜。過了很久，當月光終於移動到一塊完全潔白的磁磚時，辦公室的電子門禁傳來解鎖的喀嚓聲——有人進來了。她覺得這個聲音像是有人解開了手銬，但也可能是重新戴上。她恐懼接下來的審判，但同時又滿懷期盼。這可能是腦中的某種病態，或著說，這是再度成為母親的代價。

餘愛

善在某種意義上是絕望的表現——卡夫卡《箴言錄》

捷運從紅樹林行駛至終點站淡水。外頭的風雨很大，車體不斷顛簸，傾斜，回穩。車廂內部，我總是能遇見那位女士。幾年前，也是在一個風雨的黃昏，她在座位上嚎啕，然後漏尿了，像是將餘生的情緒排除乾淨，盡可能讓身體純淨無瑕。當時，周圍沒有任何乘客，我拿起背包中的紙張，擦乾地板上的尿液。A4紙吸不了太多液體，反而是上頭的字體混跡，漸漸變得骯髒不可辨識。那是我寫的一篇爛小說，投稿三次未果，天天苦思問題出在哪裡。到站了，清潔人員跟我說，剩下的交給他們處理。女士的眼睛突然擁有了光，她拉著我的手說抱歉，並且詢問是否能將這些擦拭過尿液的紙張帶走。那是第一次，我的小說被人接納，以這種畸形的良善。我返家，想修改一下小說，但電腦壞了，底稿全毀，無奈只能另寫它篇。後來我分別寫了〈髒黃昏〉與〈妳是我深夜夜晚的女伶〉的初稿，總覺得可以延伸更多。有許多角色現身在我的眼前，並獻祭了他們的一生。我開始想寫小說了。

老前輩跟我說，這就是剛出茅廬的年輕詩人（或著是符合詩人特質的小說家）最先開始追求的東西——愛與死亡——看似相輔相成，但實際上卻是彼此的起點與終點，有誰以愛作為起點去理解人生，那麼他的結局便是領悟死亡。反之，先以死亡當作看待萬物視野的人，最後都會發現裡頭都充滿了愛的餘燼。我想起Remain這個詞，它既是記憶的一種，但又與回憶、想起、召喚不太相同，是一種長存於今，若隱若現的餘痕。也許是某人的餘生，在摯友逝世之後，企圖在餘生中顛覆過去的妄念；也有可能是蠟燭燒盡的時刻，世界秩序坍塌，淪為時代殘餘，但依舊保有面向消亡的美德。

哲學家告訴過我們，人類已經進入了餘留狀態，但每一個編年都能被救贖給間歇——救贖時刻持續在你我身邊發生。

疫情時間，我失業在家，天天閱讀，幾乎不睡，並整夜待在書桌前等待晨光，如同某些哲學家等待光明的末日到來。後來，病毒的步調與死亡逐漸減緩，我得以每天步行在淡水河畔，任由無垠的思緒棲息著我的腦袋。這種感覺就像一棵擁有無限樹冠的碎形樹（fractal canopy），一個碎形組成了一個新的世界，一個新的世界又是舊世界全新的細節。人類的大腦在這幾千年來，神經突觸連接更緊密的情況下，我們的話語從原本簡單的「我喝了水」進化到「帶著點心渣的那一勺茶碰到我的上顎，頓時使我渾身一震，我注意到我身上發生了非同小可的變化……」但近年文本媒介多樣的情況下——閱讀，這件事彷彿成了碎片的蒐集與聯線，如同從萬象星叢中擷取一點光亮，從蜿蜒水脈中依循主幹，從廣袤樹狀間安放終途。

也許，我們這一代的閱讀習慣是這樣的：先看了文章的第一、二行，抓住可能的方向，接著在句行間迅速跳躍，抓取關鍵詞，尋找最短的途徑去了解敘述的核心。有趣的是，這種近乎殘破的方式卻有著無限連結點。波蘭裔數學家曼德博（Benoit Mandelbrot）曾提出一個說法：「海岸線某種意義上，是無限長的。」我們自以為線性的旅程中，若只是以我們的「個人經驗」去度量世界絕對是不夠的，世界越是度量，越是綿長；這也意味著——細節，任何不斷複述的故事之中，肯定有著一小段被人們圈點起來的新旅程。

我可以藉由閱讀抵達他者，卻永遠無法企及自己。於是，我想藉由書寫收束這一段與自我的距離——有些人的一輩子就是從巷子頭到巷子尾，如同波蘭小說家舒茲（Bruno Schulz），他那經歷納粹的餘生，在街邊槍響之前，世界就是一條鱷魚街——舒茲的父親越縮越小，成為微塵，沒有死亡，只有存在的消逝；也有人一輩子就是奮力從地底世界竄上太空站，見證毀滅與新生之後，知曉何為人性時刻，例如美國小說家唐・德里羅（Don DeLillo）的短篇小說〈第三次世界大戰的人性時刻〉，兩個太空人，一老一少，在太空站之中爭吵。正當他們陷入膠著，年輕的那位目光被玻璃外的地球景色給吸引：蘑菇雲、熔岩噴發、海島創生……他直言：「這一切，這一切……」但話語永遠無法接引下去，直到老太空人為小說畫下句點：「是呀，這一切。」這重複卻又深刻的句型，意味著人性本來就該擁有的樣貌：惻隱、不忍、自省——年輕的太空人可以輕易說出：「這一切，真美麗。」但人性告訴他，萬物不僅止斑斕與毀滅，人們行走於現世，有更多不易言說的哀悼。

寫這本小說的時候，我的父親患病。醫生在開刀之前曾告訴我，當高劑量的麻醉降臨，神經元功能暫停的順序為：記憶、痛覺、意識，最後是呼吸。反過來說，倘若我們盡可能在剩餘的時間之中解除對現世的麻痺，就是對於神經元的倒行逆施——先是呼吸，不斷前往，最後成就記憶：餘燼、餘痕、餘暉、餘生，餘愛。什麼是餘愛呢？我習慣用一個詞去思考世界，儘管字典有其定義，但唯有延伸新意，才能突破這世界的喑啞與陰暗，使我們發覺一個詞是如何閃耀——是別人給予的剩餘殘渣，還是在無能為力之下的溢滿之情，抑或是部分未給的仁德，他者遺留未給的慈愛？至此，每日每夜，我藉由寫小說，改小說，重寫小說，去思考這個詞，直到白晝讓世界逐漸潦草起來。我想藉由這七篇小說去探討這件事，並且努力提出一個未竟的答案：當我們的情緒、意志、思想面臨失守的時刻——面臨很有可能到來的餘生，或是餘生終結的那一瞬間，是否都能藉由給予餘愛，獲得救贖的可能。這七篇小說的主人公，都是想給予餘愛的人：逃避後的悔悟、不自量力的前進、生命終結後的肯定、庸俗如常的善良、追尋起源的本能、精密操控下的瘋癲、自私且無可撫慰的母性。他們可能是畸零人，甚至是彼岸的存在，所有的故事，都是角色一生的結束，甚至是結束後延續的意念。但這些都無損於愛的給予。

於是，我將這本小說取名為《愛是失守的煞車》，源自於美國小說家麥卡勒斯（Carson McCullers）《心是孤獨的獵手》，辛格是我最喜歡的角色，他笑容滿面，每一個人都把他當上帝般，想與他傾訴孤獨，最後彼此微笑；直到室友安東尼逝世，辛格最終開槍自殺，所有人依舊不明白，為什麼溫暖善良的辛格選擇死亡。每次讀至此，都會想起卡夫卡說的：「善在某種意義上是絕望的表現。」接納、遵循或是給予他者的良善，是否為一種緩解絕望般，飢餓的本能？例如，對植物而言，若無法順利從外界獲取能量，或是當外部環境給予自己損傷，為了排除毀壞的蛋白質和胞器，以及緩解飢餓狀態，植物細胞會自噬（autophagy）胞內殘留的渣滓。就如同一棵百年老樹，它的衰亡通常都始於一株攀緣而上的小植被，一開始小植被吸收剩餘的陽光，等到茁壯之後，再用無數個微小的身軀阻隔陽光——經歷漫長的遮蔽，最後導致百年老樹自噬了軀體。同樣的，植物並不理解自己是如何捲入這場死亡事件，它的意識與經驗並不告訴它這是一場緩慢的謀殺。植物唯一能理解的是：唯有遵循著陽光的教誨，自己才不會受到衰亡的懲罰。

小說初稿完成後，我又在捷運上遇見那位女士——如今，她已經沒有任何情緒，靜靜地坐在位置上，抬頭看了我一眼，然後又將頭顱垂下。那種感覺就像降生的門鈴剛被搖響，卻又馬上結束。我鼓起勇氣，向她搭話。窗外的天空黝黑錚亮，在黑暗中，彷彿有一對河底青石的小眼。我發現那是她烙印在玻璃上的眼睛。她認出了我。女士緩慢地訴說著，她的童年生長於婆羅洲，常常能聽見樹蔭後方的象鳴。自從兒子跳火車死後，她常常會做夢——因為她始終無法理解，那一次從花蓮到新竹的例行性北迴，為什麼兒子快要到站之前，會突然拉開莒光號的摺疊門，一躍而下？

她常常在捷運上，夢到自己前世是一頭幼象，但同時擁有幼象與人類的感官：四周都是樹皮刨挖後的鐵質味——對她而言，這個世界好像一個巨大的洞穴，或是一顆剖半的紅殼榴槤，表層竄長出星火，地底傳來腐朽味，卻又這麼香甜；在夢中，身為幼象，淺灰的皮膚好像也長了黯赭色的肉疙瘩，整個世界都是烈焰，太陽般的火球從天空墜落，金屬殘片像燃燒迸裂的果核，捲著星火到處點燃綠色；氣味開始不同了，四周都是石頭炸毀的粉塵味，或是樹木被火焰劈成數塊的煙霧味。從幼象的夢中醒來之後，依稀存留的是幼象的意識，那種感覺就像物體從水底往上浮，然後下沉，又往上飛衝，直到這份拉扯停歇。幼象的意識連接到了感官，女士能夠描述的，先是飢餓——例如屍體在火球內悶燒的氣味，以及穿越河流與森林之後，情緒陷入無止盡的悲哀與空洞，最後才是哭泣。她說，跟我講了這一大段之後，自己好像又活過來了——說得準確一點，是生命被延續了。只可惜她的兒子依舊在彼岸，沒有任何續編的可能。我突然想起一位教我翻譯詩歌的師長，她在逝世前一週，對我說：「馭博呀，嗯，散文呢，是帶你認識世界，寫詩是指認未知名的狀態，而小說是延長剩餘的生命……」

the art of losing's not too hard to master
though it may look like (Write it!) like disaster.

(Elizabeth Bishop〈One Art〉)

失落的藝術要精通依舊不難
即使看起來好像（寫出來吧！）好像一場災難。

（曾珍珍 譯）

我詢問女士，我是否可以寫下這一切？她說請便，因為隨著年紀增長，她的囈語不再被視為經驗，而是瘋癲。

當晚，我在床榻上整理筆記——可能是我喝了一點酒，我越來越分不清，女士究竟是真實存在的，還是我的虛構人物。我與這些生命短暫交談，儘管比鄰而居，但如果不把他們寫下來，經驗就無法在現世流動。也是在當晚，我也做了一個夢——第一人稱但視野模糊，如同女士的幼象經驗，只有感官的夢；醒來後，我才真正確信，在剩餘的時間裡，我也許可以藉由寫小說這件事，用越來越少的時間去理解他者的生命。

小時候父親載著我在新竹的田野穿梭，我坐在後座，父親一踏一站，飛快逃離光明，反倒是蘆葦深處的黑暗小徑更顯得輕盈。然後，我們又回到了陽光裡。父親越騎越慢，他的話很少，時不時地，會停下來回頭看車輪剃出來車徑。而我也順著父親的視野，不斷扭頭觀看。突然，先是一陣弧形的顛倒，然後是綠蔭，和胎膜般的光暈。我聞到類似海風的鹹腥，大腦順著鹽味所引出一幅連續的祕密圖景：我從地板上黑色皮鞋的閃亮反光看見父親的鼻尖，突然，我垂直升空，臉對著臉，雙頰被他的鬍渣刮刺著。父親的臉頰和鬍渣都是鹹的，我的嘴唇似乎沾到了一些。就是那海風，和一陣含有銹味的小雨滴，以及摔傷後的鐵味脂血——所有鹹腥之物的集合。接著，我聞到男士的體香劑，偶爾參雜機油或乾洗手的味道，襯衫粘膩，脖子佈滿吻痕的餘香，口紅的油酯蘊讓我分不清，哪一處屬於我的母親。有一股柑橘和腐木的複合味道藏在布料網眼和皮膚之內，多年之後，我才知道那是龍舌蘭酒。金色液體帶著鹽粒進入喉嚨，使記憶的內牆暫時少了幾塊磚，讓感官的星火穿過，不再只在嘗試的表層撲濺與熄滅。

多年之後（又是這個詞，寡情者擅長的起手式），我也像父親那般醉倒在地上，龍舌蘭的甜熱像是集裝箱裡的黑暗緊緊裹著我，不但無法讓我入眠，甚至想不起來我在哪，唯有感官不段放大，就連我自己，都聞得到即將重重睡沉的緩息聲。這時，風將拆除與重建，一切老舊的鋼鐵內臟都被運往南方，新竹只容得下全新的建材與大樓，再也沒有斑駁的牆體。我在夢裡回過神，一股濃厚的甜熱感流竄在我的齒縫之間，最後向著喉嚨流淌，讓大腦感應到：我受傷了。新竹的田野再度刮起亂風，如同一群孩童四散逃竄併發出嗚咽聲，透明的身軀輕輕地晃響朦朧的蘆葦邊緣。我站起來，看見父親在不遠處停車，回望著我。在野外，聽覺是可靠的，因為從來沒有安靜與重複的時刻，萬籟俱寂的狀態只會出現在腦海，真正的世界嘈雜不堪，唯有他者的介入，才能讓人產生一絲寧靜的錯覺。

在夢裡，我逐漸恢復視野，體內的黑暗與外在的黑暗向著光縫蔓延，最後合二為一。我聽到一些聲響，也許是風聲，但裡頭夾雜的砂石，卻帶來男性的粗啞嗓音——我無法聽辨聲音，但在不同感官的交換之中，好像能看見聲音本身。臉。父親遙遠的臉。混跡在蘆葦之中，雙唇一上一下，不知道在說些什麼。紊亂的風突然有了秩序。陽光裡頭沒有雜質，只有游絲般的熱浪閃爍，像引擎的周圍。父親扔下腳踏車，在車輪剃出的小徑上奔跑起來——可能還掉了一隻鞋，赤腳踩上滾燙的乾土，兩隻手撥開蘆葦，如同在海面上划水。我看見了。這還是第一次，我看見平常緩慢的父親，如此迅速，站起身來，張開雙手，接受所有鹹腥帶來的饋贈：海風、泥土、植被、汗水、血塊。一切的一切，都只會發在陽光那一方。那是我第一次認識父親。

九　歌　文　庫　1　4　2　2

愛是失守的煞車

國家圖書館出版品預行編目（CIP）資料

愛是失守的煞車 / 曹馭博著 . -- 初版 .
-- 臺北市 : 九歌出版社有限公司 , 2024.01
面； 公分 . -- (九歌文庫 ; F1422)
ISBN 978-986-450-637-8 (平裝)
863.57　　112021155

作　者——曹馭博
責任編輯——洪沛澤
創 辦 人——蔡文甫
發 行 人——蔡澤玉
出　版——九歌出版社有限公司
台北市 105 八德路 3 段 12 巷 57 弄 40 號
電話／02-25776564・傳真／02-25789205
郵政劃撥／0112295-1

九歌文學網　www.chiuko.com.tw

印　刷——晨捷印製股份有限公司
法律顧問——龍躍天律師 ・ 蕭雄淋律師 ・ 董安丹律師
初　版——2024 年 1 月
定　價——350 元
書　號——F1422
I S B N——978-986-450-637-8
9789864506323 (PDF)
9789864506316 (EPUB)